DÖRLEMANN

Helle Helle

Rødby – Puttgarden

Roman

Aus dem Dänischen
von Flora Fink

DÖRLEMANN

Die Originalausgabe »Rødby – Puttgarden« erschien
2005 bei Samleren in Kopenhagen.

Lektorat: Anne-Bitt Gerecke

Papier (Inhalt): Munken Premium Cream
aus nachhaltiger, FSC-zertifizierter Produktion
Satz: Dörlemann Satz, Lemförde
Druck und Bindung: GGP Media GmbH, Pößneck
ISBN 978-3-908777-59-5
www.doerlemann.com

KÖNIGSKARREE

I

In nur einer Woche starben vier, so war das hier bei uns. Einer von ihnen war Martin. Er wohnte im Block hinter uns. Wir hatten überlegt, ihn zum Kaffee einzuladen, aber daraus wurde dann ja nichts.

Ich zog bei Tine ein, weil ich auf der Fähre anfangen sollte. Tine brachte mich dort unter. Sie rief an und prahlte mit meinem Abitur, das ich vierundachtzig gemacht hatte. Währenddessen saß ich im Schaukelstuhl und gab Ditte das Fläschchen, ich konnte es kaum ertragen, die Prahlerei mit anzuhören. Ich schaukelte und schaukelte, schneller und schneller, und da zerbrach etwas an der einen Schiene unter dem Stuhl. Ich kippte zur Seite um und fiel auf den Boden, noch immer mit dem Fläschchen und Ditte im Arm. Tine sah es und schüttelte den Kopf, während sie weitertelefonierte. Sie drehte sich zum Wohnzimmerfenster um. Es regnete, der Regen malte lange nasse Streifen auf die Häuserblocks.

– So machen wir's, tschühüüs, sagte Tine und legte auf.

– Du hättest dich mal hören sollen, sagte ich.

– Er will morgen mit dir sprechen. Du kannst dann im Februar anfangen. Nein, sie will nichts mehr.

Tine griff nach dem Fläschchen und sagte »da-da« zu Ditte und dann auch zu mir.

– Was sagt man da?, fragte sie.

– Was sagt man da?, sagte ich.

Tine hatte schon immer alles Mögliche für mich geregelt. Sie sagte, daran sei unsere Mutter schuld. Unsere Mutter habe sie gezwungen, sich um mich zu kümmern, sobald ich auf der Welt war. Sie musste mich wickeln, mich ins Bett bringen und mir vorsingen, bis sie Halsschmerzen bekam. Wenn sie sich beklagte, sagte unsere Mutter: Dummes Zeug, mach dir ein Marmeladenbrot. Als ich größer war, musste Tine mich zur Schule bringen und jeden Tag mit mir Hausaufgaben machen. Mein Hausaufgabenheft diente ihr als Beweismaterial:

– Schau doch selbst, sogar hier hab ich reingeschrieben, sagte sie einmal zu unserer Mutter.

– Du hast gebettelt, bis ich es dir erlaubt habe, sagte unsere Mutter.

– »Jane ging es nicht so gut, aber jetzt ist sie wieder topfit.«

– Du hast gebettelt, sag ich doch.

– Soso, sagte Tine mit einem Funkeln in den Augen.

Mit Hilfe ihrer funkelnden Augen regelte Tine so manches. Ditte war eine unmittelbare Folge davon und vollkommen geplant von Tines Seite. Sie war vierundzwanzig, als sie schwanger wurde. Der Vater war ein gutgebauter isländischer Elektriker, er war auf der Durchreise und musste in Rødbyhavn übernachten. Im Hotel war es sterbenslangweilig, also ging er abends aus und lernte Tine kennen. Am Tag darauf reiste er ab, und Tine hatte keine Ahnung, wo er jetzt war, sie konnte sich nicht einmal an seinen Namen erinnern. Vielleicht habe er Kádur oder Kálif geheißen, meinte sie, aber das konnte wohl kaum stimmen.

Wir saßen auf dem Fußboden vor dem gekenterten Schaukelstuhl. Ditte brabbelte vor sich hin. Ich dachte, ich würde niemals imstande sein, Parfum zu verkaufen, ich hatte ja selbst nie welches besessen.

– Was machen wir denn jetzt mit dem Schaukelstuhl?, fragte ich.

– Den lassen wir reparieren.

– Wo denn? Ich bezahle das natürlich.

– Wovon?

Tine stand auf. Sie ging aus dem Zimmer, zog ihre Jacke an und kam mit ihrem Geldbeutel in der Hand zurück:

– Ich geh nur schnell Marzipanschnecken holen, und dann machen wir es uns gemütlich.

– Tine, ich kann einfach kein Parfum verkaufen.

– Du wirst es schon lernen, sagte sie und ging.

Ich setzte Kaffee auf. Dann sah ich aus dem Küchenfenster, und als sie zurückkam, winkte ich ihr zu. Sie schwenkte die Bäckertüte über dem Kopf.

2

Das Gespräch fand in Alsings Büro statt. Er stand nicht auf, als ich hereinkam. Stumm nahm er meine Unterlagen entgegen und begann, darin zu blättern. Da nichts darauf hindeutete, dass ich mich setzen sollte, blieb ich stehen. Ich hatte mir Tines Ledersakko ausgeliehen.

– Na, sagte Alsing. – Läuft zu Hause alles rund?

– Rund?

– Mit der Kleinen. Wie alt bist du eigentlich?

– Neunzehn. Zwanzig.

Er nickte. Er sah mich die ganze Zeit an, auch als er mir die Unterlagen zurückgab.

– Ja, ihr seht einander wirklich ähnlich. Die Uniform bekommst du da drin.

Er machte eine Kopfbewegung zum Büro nebenan, und aus irgendeinem Grund machte ich einen leichten Knicks. Ich holte die Uniform ab, zwei weiße Blusen und einen Wickelrock, und fuhr mit dem Rad nach Hause, die Kleider baumelten in einer Plastiktüte am Lenker.

– Hattest du mal was mit Alsing?, fragte ich Tine, als wir beim Abendessen saßen.

– Nö, sagte sie, mit kurzem Ö, also hatte sie doch.

– Der hat vielleicht eklig dicke Lippen, sagte ich.

– Da hast du absolut recht.

Meine Sachen kamen früh an einem Mittwochmorgen aus Næstved an. Tine war mit Ditte beim Arzt, um sie impfen zu lassen. Ich öffnete die Tür einen Spaltbreit, und der Mann von der Spedition steckte einen Zettel hindurch und bat mich zu unterschreiben. Er sagte, er würde alles unten vor der Tür abstellen. Als ich hinunterkam, war er schon weg, und meine Sachen standen völlig chaotisch durcheinander. Ich fing an, sie hinaufzutragen, eine Kiste nach der anderen. Es waren insgesamt neun. Danach zerrte ich die Schreibtischplatte die Treppenstufen hinauf, was einen ziemlichen Lärm machte. Mit dem Bettgestell wollte ich auf dieselbe Weise verfahren, aber es war einfach zu sperrig. Zum Glück kam Tine in dem Moment nach Hause und fasste mit an.

Fünf der Kisten gehörten mir nicht. Sie enthielten eine Menge altes Zeug, Vasen und Figuren, alles in Zeitungspapier eingewickelt. Eine der Kisten war voller selbstgestrickter Pullis und Mützen, in einer anderen befand sich, in Styropor eingepackt, eine nagelneue Stereoanlage mit Plattenspieler, Kassettendeck und Verstärker, nur die Lautsprecherboxen fehlten.

Tine quietschte vor Freude. Sie warf mit Styroporkügelchen um sich und steckte überall irgendwelche Kabel ein. Ich saß auf dem Fußboden und sagte nichts. Einige meiner Kisten fehlten, und ich wollte sie gerne wiederhaben. Aber es würde wohl schwierig werden, sich bei der Spedition zu beschweren, ohne dabei die Stereoanlage zu erwähnen.

– Was war denn in deinen Kisten? Mach am besten gleich eine Liste, sagte Tine, und nachdem ich eine Weile darüber gebrütet hatte, versuchten wir, den Wert der verlorenen Sachen auszurechnen. Wir kamen auf gerade mal hundert Kronen. In einer Kiste hatten sich zum Beispiel achtundvierzig leere Senfgläser befunden, die unsere Mutter für mich gesammelt hatte. In einer anderen hatte ich meine alten Frauenzeitschriften und Poster verstaut. Alles in allem war die Stereoanlage weit mehr wert, und Tine bestand darauf, so zu tun, als wäre nichts passiert.

– Wir können garantiert meine Lautsprecher anschließen, sagte sie.

Die vier Kisten mit den Figuren und dem selbstgestrickten Zeug trugen wir in den Keller. Das Kellerabteil war übervoll, so dass wir uns gemeinsam gegen die Tür stemmen mussten, um sie wieder zuzubekommen. Dann liefen wir schnell zurück nach oben, es war, als hätten wir ein kleines Verbrechen begangen. Aber Tine meinte, man könne immer alles irgendwie erklären.

Zweimal hintereinander verschimmelte uns der Käse, und das war meine Schuld. Ich war mir sicher, dass unsere Mutter einmal gesagt hatte, Käse gehöre nicht in den Kühlschrank, weshalb ich ihn in eine Plastiktüte steckte und in den Küchenschrank legte. Ich hatte keine Ahnung, ich selbst aß nie

Käse. Es war auch so warm in der Wohnung, denn hier im Königskarree wurden die Heizkosten gleichmäßig auf alle Parteien verteilt, und Tine sagte, wir müssten das ausnutzen und richtig aufdrehen. Das ganze Jahr über hatte sie kurzärmelige Sachen an. Sie schimpfte wegen des Käses. Im Gegenzug schimpfte ich über die Aschenbecher. Sie goss immer Wasser hinein, und das stank fürchterlich.

Aber wir mochten beide dieselben guten alten Gerichte mit Soße. Und wir lagen beide gern auf dem Sofa, besonders ich. Dazu kam unsere gemeinsame Begeisterung für Donnerstage mit Illustrierten und Kuchen vom Bäcker. Unsere Mutter hatte uns auf den Geschmack gebracht, Donnerstag war immer der Höhepunkt der Woche gewesen. Zu dieser Tradition gehörte auch der immergleiche Wortwechsel:

– Weißt du was?, fragte die eine.

– Nein, und ich will es gerne selbst lesen, sagte die andere.

Wir lasen auch Tove Ditlevsen und Knuth Becker und Pearl S. Buck. Auf der Schule in Næstved war einer, der behauptete, das sei überhaupt keine richtige Literatur. Er hieß Hans, und er war ein Jahr an der Universität gewesen. Ich maß seinen Äußerungen keine größere Bedeutung bei. Wenn er wirklich ein so großer Literaturkenner wäre, würde er wohl kaum eine Ausbildung zum Ergotherapeuten machen.

3

Im Hotel Vogelflug schnitt der Koch einmal das verdorbene Ende von einem Stück Ochsenlende weg und servierte den Rest sieben holländischen Gästen. Sie prosteten sich eifrig zu und tranken und aßen. Der Koch war versoffen. Der Besitzer war versoffen. Und die Wirtschafterin starb an Lebensmittelvergiftung, aber das war einige Jahre zuvor gewesen. Bevor sie starb, machte sie zweiundsiebzig Gläser pikante Rote Bete ein, die noch immer in Reih und Glied im Heizungskeller standen. Sie wurden zu den Vogelflug-Frikadellen serviert. Das war das Allerschlimmste, fand Tine. Sie arbeitete in den Sommerferien nach der neunten Klasse in der Küche und verliebte sich ein wenig in den Koch. In den Pausen saß sie auf einer Treppenstufe und hielt ihren geschwollenen Finger in ein Glas Seifenwasser. Komm, probier doch mal die Soße, sagte der Koch und zwinkerte ihr zu. Sie bekam achtzehn Kronen in der Stunde, das war nicht übel. Im Danhotel zahlten sie nur fünfzehn.

Ich sah sie einmal mitten während der Arbeitszeit die Havnegade hinunterrennen, laut kreischend, mit ihren Holzschuhen in der Hand, der Koch hinter ihr her. Ich war mit Kirsten Hansen auf dem Weg zum Strand, es war das erste Mal, dass wir allein zum Baden durften. Wir waren beide zehn Jahre alt und würden bald in die Fünfte kommen. Wir hatten die gleichen Fahrräder, und wir trugen die gleiche Art Perlen im Haar. Wir fuhren im selben Tempo nebeneinander her und drehten uns gleichzeitig um, als wir Tines Kreischen hörten. Der Koch hatte sie schon fast erwischt, als mein Vorderrad in das von Kirsten Hansen geriet, oder vielleicht war es auch umgekehrt, jedenfalls kippten unsere Fahrräder gleichzeitig um, und wir knallten beide mit der Stirn auf den Asphalt. Dabei ging Kirsten Hansens Lenker kaputt, und wir mussten den restlichen Weg zum Strand schieben. Dort angekommen, gingen wir aber doch nicht ins Wasser. Wir wussten nicht, ob es nicht vielleicht gefährlich sein könnte, wenn man sich gerade den Kopf verletzt hatte. Ich hatte die ganze Zeit das Gefühl, dass es meine Schuld war. Wir können doch einfach Sandkörnchen zählen, hihi, sagte Kirsten Hansen, ohne auch nur ansatzweise zu lachen, und abends kam Tine nicht zur vereinbarten Zeit nach Hause, und es gab einen Riesenärger.

Nach der zehnten Klasse fing sie auf der Fähre an. Im ersten Jahr räumte sie im Restaurant ab, aber sobald sie achtzehn war, versetzte Alsing sie in die Parfümerie. Sie wusste schon vorher aus einem Schönheitspflegekurs an der Volkshochschule alles über Reinigungsmilch und Gesichtswasser. Den Rest lernte sie schnell. Im Dezember konnte sie achtunddreißig Parfums auswendig, und als in Nykøbing Weihnachtsmarkt war, sauste sie aufgeregt die Einkaufsstraße auf und ab, den Frauen hinterher, und erschnupperte ihre Parfums: Nina Ricci! Missoni! Rive Gauche! Beruhig dich mal wieder, sagte unsere Mutter, aber das tat Tine nicht.

4

Ich freute mich nicht gerade darauf, auf der Fähre anzufangen. Am liebsten wäre es mir gewesen, meine Tage würden weiterhin so verlaufen, wie sie es jetzt taten. Morgens wurde ich von Dittes Geräuschen aus dem Schlafzimmer geweckt. Ich schlich mich hinein und nahm sie hoch, Tine drehte sich noch einmal um. Dann kochte ich Kaffee, während Ditte auf ihrer Spieldecke lag und mich ansah. Ich machte auch ein Fläschchen für sie fertig.

Im Laufe der nächsten Stunde stand Tine auf und kam zu uns in die Küche. Sie setzte sich, aß zwei Scheiben Knäckebrot und trank jede Menge Kaffee. Wir sagten kaum etwas. Erst wenn Ditte draußen in ihrem Kinderwagen lag und ihr Vormittagsschläfchen machte, begannen wir zu reden. Wir saßen am Esstisch und machten Pläne. Brauchten wir Schwarzbrot? Mussten wir heute zur Post? Welche Platten sollten wir uns das nächste Mal aus der Musikbibliothek ausleihen?

Tine hatte im Wohnzimmer ein Regal für die neue Stereoanlage leergeräumt, sie funktionierte bestens mit den alten Lautsprechern. Wir lagen auf dem Sofa, hörten Musik und guckten in den grauen Himmel hinaus. Tine lag auf ihrem Sofa, ich auf dem unserer Mutter. Zwischendurch stand ich auf und ging zum Fenster, um nachzusehen, ob Ditte sich in ihrem Kinderwagen bewegte.

Ich konnte Martin dort unten sehen. Er war auf dem Weg zum Fahrradschuppen, beide Hände in den Hosentaschen. Bei jedem Schritt ging er ganz auf die Zehenspitzen. Ich hatte oft gedacht, dass diese Art zu gehen besonders viele Kalorien verbrauchen müsste. Einmal bei einem Pfingstball hatten wir uns auf den Mund geküsst, und das war ein sehr energiearmer Kuss gewesen. Nicht nur von seiner Seite. Er hatte mich in dieser Hinsicht nie interessiert, er war schlaksig und launisch. Als wir zusammen zur Schule gingen, konnte er von einem Extrem ins andere fallen, eben noch laut schreiend im Klassenzimmer, dann klein und heulend auf der Toilette. Er hatte oft Magenschmerzen, und dann kam seine Mutter und holte ihn ab, die Umhängetasche eng an den Körper gepresst und mit einem

Kopftuch auf. Sie verströmte einen Geruch von Hackbraten oder Eintopf mit Würstchen, weil sie das Abendessen immer schon am Vormittag kochte. Sie arbeitete jeden Tag ab sechzehn Uhr im Behindertenheim Rødbygård, alle nannten sie nur die Friseuse. Dabei wusste niemand, wie ihr Haar unter dem Kopftuch aussah. Sie zog mit dem heulenden Martin in der großen Pause ab, doch schon am nächsten Morgen war er lautstark zurück auf seinem Platz. Später, als er seiner Mutter über den Kopf gewachsen war, hatte er nicht mehr so oft Magenschmerzen.

Jetzt verschwand er im Fahrradschuppen, und kurz darauf kam er mit seinem Rad heraus. Er hatte eine dünne Jeansjacke an, er stieg auf und fuhr davon, sein Atem wehte weiß in der Luft. Er arbeitete in Teilzeit bei Frigodan, wo er gefrorene Zwiebeln und Bohnen verpackte.

5

Gegen fünf Uhr, wenn die Dunkelheit hereinbrach, holten wir die Kochbücher hervor. Tine sprach oft davon, dass wir Rinderschulter machen sollten. Das war eines der Paradegerichte unserer Mutter. Ein einziges Mal versuchten wir es, doch wir konnten uns nicht mehr daran erinnern, woraus man die Soße machte. Während wir uns das Hirn zermarterten, wurde das Fleisch im Ofen schon ganz trocken, und auch die Kartoffeln waren längst gar und das Wasser abgegossen. Brühwürfel hatten wir vergessen zu kaufen. Schließlich komponierte Tine eine Soße aus Wasser, Mehl und Salz, mangels Sahne schüttete sie ein wenig Joghurt hinein. Heraus kam etwas, das uns an Buttermilchsuppe erinnerte. Die gab es dann am Tag danach.

Wir wechselten uns damit ab, Ditte ins Bett zu bringen. Wenn ich an der Reihe war, gab ich ihr im Schlafzimmer das Fläschchen. Ich saß auf dem Doppelbett, den Rücken an die Wand gelehnt und

Ditte im Arm. Ihre Kopfhaut roch nach warmem Sand. Zwischendurch ließ sie vom Fläschchen ab und schaute mich an, sie musterte mein Gesicht und wandte sich dann wieder ihrer Milch zu.

Wenn sie eingeschlafen war, legte ich sie vorsichtig ins Bett und schlich hinüber ins Wohnzimmer. Manchmal hatte Tine dann Kaffee gemacht, aber an einem Abend hatte sie uns einen Drink gemixt, Alles-was-das-Haus-zu-bieten-hat. Die einzelnen Bestandteile herauszuschmecken war unmöglich, er schmeckte einfach nur stark und nach Kokos.

Als wir unsere Gläser geleert hatten, schlug Tine mit beiden Händen aufs Sofa:

– Es muss endlich was passieren.

– Was denn?

– Hier passiert einfach rein gar nichts. Wie auch, wenn ich immer nur zu Hause hocke.

– Ja, aber, was soll denn passieren?

– Mach doch nicht immer so ein Gesicht. Ich brauch einfach eine Luftveränderung.

– Tut mir leid, wenn ich dich langweile.

– Blabla.

– Entschuldigung.

Die »Luftveränderung« bestand zunächst einmal darin, dass sie zweimal um den Block ging. Dabei schüttelte sie immer wieder ihre Hände, ich wusste nicht, was das zu bedeuten hatte. Ich beobachtete sie vom Wohnzimmer aus, und als sie um die Ecke verschwand, lief ich in die Küche und sah dort aus dem Fenster. Sie stellte sich unter eine Straßenlaterne und winkte und streckte mir die Zunge heraus. Dann machte sie mir ein Zeichen, dass ich das Fenster öffnen solle.

– Ich gehe kurz zur Sporthalle, sagte sie.

– Jetzt?

– Vielleicht trink ich da noch ein Bier in der Kneipe. Soll ich uns was Süßes mitbringen?

– Vielleicht eine Tüte Gummizeug.

– Groß oder klein?

– Groß.

Da hörte ich Ditte weinen, ich machte Tine ein Zeichen und ging ins Schlafzimmer. Als ich zum Küchenfenster zurückkam, war Tine weg. Ich putzte mir die Zähne, setzte mich ins Wohnzimmer und wartete.

6

Einmal kaufte sich Tine von dem Geld, das sie auf der Fähre verdiente, eine Mitgliedskarte für das Solarium über dem alten Möbelgeschäft. Sie bekam einen Schlüssel ausgehändigt, so dass sie jederzeit hingehen konnte. Das tat sie dann an einem Samstag, am späten Nachmittag.

Es gab dort vier Kabinen. Tine wählte die hinterste und zog sich aus, ihre Kleider legte sie in eine Ecke. Der Fußboden war übersät mit zusammengeknülltem Küchenpapier. Sie nahm eine ihrer Socken, um die Glasfläche abzutrocknen, bevor sie sich hinlegte und den Deckel zuzog. Das Gerät machte einen Lärm wie eine riesige Lüftungsanlage. Irgendwann hörte sie aber trotzdem durch den Lärm hindurch laute Stimmen. Ihr Rücken war schweißnass. Sie blieb erst liegen und lauschte, dann schob sie den Deckel nach oben und schaltete das Gerät ab. Die Stimmen kamen vom Gang. Ein paar junge Männer liefen auf und ab und traten mit voller Wucht gegen die Türen, wobei sie laut lachten und brüllten. Tine zog sich schnell an. Als sie bei ihrer Tür angekommen waren, reagierte sie nicht auf die Rufe. Sie öffnete das Fenster zur Hauptstraße und lehnte sich weit hinaus. Unter ihren erhitzten Wangen war sie ganz bleich. Mit beiden Armen wild gestikulierend versuchte sie den Busfahrer, der auf der anderen Straßenseite vorbeiging, auf sich aufmerksam zu machen, doch er sah sie nicht. Und Else Hansen sah sie zwar, winkte aber nur zurück.

Else Hansen winkte auch mir zu, als ich mit dem Rad angefahren kam, am Lenker eine große Tüte voller Kirschen. Ich hatte den ganzen Nachmittag zusammen mit unserer Mutter mit Pflücken zugebracht. Else Hansen zeigte lächelnd zu Tine hinauf, und da sah ich sie am Fenster stehen und mit den Armen fuchteln. Ich stellte mein Rad ab und ging mit der Tüte in der Hand zu ihr auf die andere Straßenseite.

– Du musst mir helfen, hier oben ist jemand, sagte sie heiser und warf den Schlüssel für das Solarium zu mir herunter.

Ich verstand nicht recht, was los war. Eigentlich wollte ich nur endlich nach Hause und die Kirschen wiegen. Ich hatte die ganze Tüte umsonst bekommen, während unsere Mutter für ihre zwei Eimer den vollen Preis bezahlt hatte. Ich schätzte, dass die Tüte etwa zehn Kronen wert war, es waren auf jeden Fall mehr als drei Kilo. Im Treppenhaus des alten Möbelgeschäfts roch es nach Zigarettenrauch. Oben am Ende des Gangs saßen ein paar breitschultrige Typen, sie schauten mich an.

– Was willst du hier?, fragte einer von ihnen.

– Ich will nur zu meiner Schwester.

– Der Polin?

– Nein, sie heißt Tine.

– Tine Åby?

– Nein, sagte ich, und in dem Augenblick ging die Tür auf, und Tine trat hinaus auf den Gang, sehr aufrecht und mit hochgestecktem Haar.

– Hi Jane, gut, dass du kommst, sagte sie mit einer ganz fremden, erwachsenen Stimme.

Die Typen standen auf.

– Wartet Vater unten auf uns?, fragte Tine und nahm mir die Tüte aus der Hand. Sie warf einen kurzen Blick hinein und reichte sie einem der Typen:

– Wollt ihr die haben? Bitte schön.

Während sie in die Tüte sahen, drehte sie sich um, sie hielt meinen Arm fest umklammert, und wir liefen schnell die Treppe hinunter und hinaus auf die Straße.

– Ich fahre, sagte Tine und nahm mein Rad. Ich setzte mich auf den Gepäckträger. Ich durfte den ganzen Heimweg dort sitzen bleiben, deshalb sagte ich auch nichts wegen der Kirschen. Tine trat fest in die Pedale.

Ihr Rücken roch nach Solarium. Mit der Zeit wurde das ein vertrauter Geruch für mich, denn Tine bat mich jedes Mal mitzukommen, wenn sie ins Solarium ging. Ich musste dann mit einem Fleischklopfer in der Hand an der Tür stehen, solange sie auf der Sonnenbank lag. Es dauerte fünfundzwanzig Minuten. Unsere Mutter wusste von nichts. Nur ein einziges Mal suchte sie im Laufe dieses Sommers nach dem Fleischklopfer, aber da schmuggelte Tine ihn vorübergehend an seinen Platz zurück. Wenn die Bräunungszeit vorbei war, sprang sie auf und zog sich an. Ich reichte ihr das Handtuch, und auf dem Weg die Treppe hinunter trocknete sie sich das Gesicht ab.

Draußen auf der Straße gab sie mir dann immer einen Fünfer. Ihre Hände zitterten, und meine auch. Besonders die rechte. Von dem Geld kaufte ich mir ein kleines Kastenweißbrot mit Mohn oder irgendwas anderes zu essen.

– Du solltest lieber für was zum Anziehen sparen, sagte Tine. – Ein Kleid zum Beispiel.

Kleider interessierten mich aber nicht so sehr. Jedes Jahr im Mai zog unsere Mutter den großen Koffer unter dem Bett hervor und ging den Inhalt durch, Röcke und T-Shirts und kurze Hosen, die Sommersachen eben. Unsere Mutter räumte sie in die Schränke ein und packte stattdessen die Mäntel und Wollsocken und gefütterten Hosen für dieses Mal wieder weg. Da waren eine Menge Kleider, die man anziehen konnte. Und immer ein paar, die passten. Tine hatte ihre eigenen Sommerkleider in ihrem Zimmer. Sie trug meistens Weiß, um die Bräune zu betonen, die sie sich nach und nach erarbeitete.

7

Ich wartete auf Tine, bis Ditte ihr Nachtfläschchen bekommen hatte und wieder eingeschlafen war. Dann legte ich mich vollständig angezogen in das Doppelbett. Es hatte angefangen zu schneien, der Schnee erhellte den Himmel hinter den Vorhängen. Von draußen war kein Laut zu hören.

Als ich am nächsten Tag aufwachte, waren die Vorhänge aufgezogen. Es schneite noch immer. Ich stand auf und ging ins Wohnzimmer, wo Tine gerade ihre Nägel feilte. Sie lachte, als sie mich sah.

– Hast du etwa so geschlafen?

– Haha, sagte ich nur und zupfte meinen Rollkragenpullover zurecht. Ich setzte mich und nahm eine Gummischlange aus der Tüte, die auf dem Tisch lag.

– Bäh, doch nicht zum Frühstück, sagte Tine.

– Wann bist du nach Hause gekommen?

– So gegen zwei.

– Wo warst du denn?

– In der Sportkneipe, hab ich doch gesagt. Und später im Landmann.

– Und mit wem?

– Soll das hier ein Verhör werden? Mit einer aus dem Minishop. Annette.

– Die mit den Haaren?

– Hm. Hast du auf mich gewartet?

– Nö.

– Jetzt mach ich erst mal Kaffee. Sollen wir heute vielleicht nach Maribo fahren?

– Meinst du, die Busse fahren überhaupt?

– Warum sollten sie nicht fahren?

– Vielleicht hat es zu viel geschneit.

Ich stand auf und ging zum Fenster. Überall lag eine dicke weiße Decke. Unter dem Vordach beim Fahrradschuppen stand der Kinderwagen, in dem Ditte gerade ihr Vormittagsschläfchen machte. Zwischen dem Kinderwagen und unserem Hauseingang hatten Tines Gummistiefel schwarze Spuren im Schnee hinterlassen. Doch von den Dachrinnen tropfte es. Tine klapperte in der Küche mit einem Topf und drehte das Wasser auf. Dann kam sie zu mir herüber und legte von hinten eine Hand auf meine Schulter:

– Na, Jane, jetzt sind wir fast eingeschneit. Da bist du glücklich, was?

– Es taut.

– Wirklich? Oh, wie schade. Dann müssen wir wohl doch in die Welt hinaus.

– Haha.

Wir beschlossen, mit dem Zug vom Fährhafen nach Nykøbing zu fahren. Es war auf dem Weg dorthin, dass wir über Martin sprachen, darüber, ihn zum Kaffee einzuladen. Er kam auf seinem Rad durch den Schneematsch angestrampelt, und als er uns sah, hob er seine verfrorene Hand. Aus seinem Rucksack ragte ein Papprohr hervor, ich fragte mich, was wohl darin war. Tine schüttelte den Kopf.

– Er sieht aus, als wäre er kurz vor dem Erfrieren, sagte sie.

– So sieht er immer aus. Auch im Sommer.

– Sommer, was war das noch mal?, sagte Tine und überquerte mit dem Kinderwagen die Straße. Ich hatte Mühe, in meinen Schnürstiefeln mit ihr Schritt zu halten, in meinem Handschuh klimperten die Fünf-Kronen-Münzen für die Fahrkarte.

8

Tine hatte noch bis März Erziehungsurlaub. Wenn sie wieder zu arbeiten anfing, würde Frau Lund im Kragesøvej auf Ditte aufpassen. Frau Lund war mit unserer Mutter zur Schule gegangen. Ihr Mann arbeitete auf einer Werft, er klopfte Rost. Nachmittags, wenn er nach Hause kam, setzte er sich in einen Sessel und tat nichts. So blieb er sitzen, bis es Zeit für das Abendessen war. Am Wochenende konnte er den ganzen Tag so dasitzen. Dieses Sitzen war der Grund dafür, dass er und Frau Lund so gut wie keinen Kontakt zu ihrer Familie hatten. Sie stammte aus einer alten Bauernfamilie, wo man von morgens bis abends auf den Beinen war.

– Das ist der Preis der Ehe, sagte Frau Lund immer über ihre Kaffeetasse hinweg zu unserer Mutter.

Jetzt stand sie in ihrem dicken Daunenmantel am Bahnsteig, die Arme eng um den Körper geschlungen, und trat von einem Fuß auf den anderen. Der Zug war von Bord gefahren und wartete nur noch auf das Signal zur Abfahrt. Sie ging näher an den Zug heran und winkte jemandem dort drinnen zu. Dann trat sie einen Schritt zurück, drehte sich um und entdeckte uns. Sie rief etwas und machte uns ein Zeichen, dass wir herkommen sollten. Tine rannte in vollem Tempo vorneweg.

– Hallo, ihr drei, wohin geht die Reise?, fragte Frau Lund und beugte sich über den Kinderwagen zu Ditte hinunter und redete ohne Pause weiter:

– Duzi-duzi-du. Ich hab gerade Bo zum Zug gebracht. Er muss nach Nykøbing und einen Test machen lassen.

Sie lächelte, ohne den Blick von Ditte abzuwenden. Hinter dem Fenster des Abteils, vor dem wir standen, saß Bo und nickte uns zu. Er war über dreißig und wohnte noch immer zu Hause. Ab und zu verdiente er sich als Mann für alles ein wenig Geld. Er trug das ganze Jahr über Holzschuhe mit Fersenkappe.

– Wir wollen auch nach Nykøbing, sagte Tine.

– Mit dem Kinderwagen müssen wir aber ganz vorne einsteigen, sagte ich und zog an Tines Ärmel.

– Soll ich nicht vielleicht die Kleine mit nach

Hause nehmen?, fragte Frau Lund. – Dann könnt ihr sie abholen, wenn ihr zurückkommt.

– Ginge das wirklich?, fragte Tine. – Milchfläschchen wären in der Tasche.

– Und die Windeln liegen am Fußende, sagte ich.

– Dann tauschen wir doch einfach, ich nehme die Kleine, und ihr übernehmt Bo.

Sie gab ihm mit Gesten zu verstehen, dass wir uns zu ihm setzen würden, und er nickte.

– Mama ist bald wieder da.

Tine küsste Ditte.

– Natürlich ist sie das, sagte Frau Lund.

– Komm schon, es ist Viertel nach, sagte ich, und kaum waren wir eingestiegen, ertönte auch schon das Abfahrtssignal.

Als wir unsere Jacken ausgezogen hatten, holte Bo ein Zigarettenetui hervor.

– Wollt ihr?

Er sprach sehr langgezogen, etwa halb so schnell wie andere Leute.

– Ist das hier ein Raucherabteil?

Tine sah sich um.

– Das wiad es spätestens jetzt, sagte Bo und gab ihr Feuer. Sie blies den Rauch in die Luft und ließ sich tiefer in den Sitz sinken. Sie hatte ihre rosa Lederstiefel an. Der Boden im Abteil war nass und dreckig vom Schneematsch. Ich wandte mich zum Fenster, wir ratterten am Wasserturm vorbei und dann an der Brücke draußen bei Lundegårde. Die Felder waren weiß, der Himmel grau.

– Was ist das für ein Test, den du da machen lassen musst?

– Ein Bluttest und irgendwas Psychisches.

– Wie, psychisch?

– Na, das ist das, was hier drin ist.

Bo tippte sich mit dem Zeigefinger an die Stirn, und sie fingen beide an zu lachen, auch sein Lachen war sehr langgezogen.

– Scherz beiseite, es geht um meine Schuppenflechte, sagte er, als er fertig gelacht hatte.

– Hast du die immer noch? Du Armer.

– Im Winter war es richtig schlimm. Im Süden müsste man wohnen.

Tine nickte. Dann legte sie den Arm um mich:

– Sag doch auch was. Du bist so still.

– Es wird schön, mal wieder in die Stadt zu kommen, sagte ich.

– Auf jeden Fall wiad's das, sagte Bo und steckte eine halbe Zigarette zurück in sein Etui, Tine folgte seinen Bewegungen mit den Augen. Er verstaute das Etui in seinem Rucksack und faltete die Hände.

Wir fuhren an den drei Häusern mit den Blechdächern vorbei, die unsere Mutter immer Stinkdorf genannt hatte. Eine Zeitlang traf sich Tine öfter mit einem Mädchen, das dort draußen wohnte, und wenn sie dann heimkam, roch sie tatsächlich immer ein wenig komisch. Irgendwie modrig, nach Küchenabfall und Ziegenkot, sagte unsere Mutter. Da draußen durften die Tiere überall frei herumlaufen. Tine und das Stinkdorf-Mädchen hatten zu dem Rhabarber, den sie hinter dem Misthaufen ernteten, ein halbes Pfund Zucker essen dürfen. Tine hatte gegessen und gegessen, und als sie nach Hause kam, hatte sie Bauchschmerzen und dazu ein pelziges Gefühl im Mund, was beinahe noch schlimmer war. Sooft sie sich auch die Zähne putzte, es wollte einfach nicht weggehen.

Als ich in Næstved wohnte, träumte ich ein paar Mal vom Stinkdorf. Ich fiel auf die Knie und küsste die Äcker dort draußen, so als wäre ich endlich nach Hause zurückgekehrt. Beim Aufwachen konnte ich mich ganz deutlich an den Geruch erinnern, der damals in Tines Pulli und in ihren Haaren hing. Sie lag im Bett und jammerte, ihr Bauch gurgelte und grummelte.

Kurz hinter Tågerup hielt der Zug an. Zunächst war noch ein sausendes Geräusch zu hören, dann war es ganz still. Wir blieben sitzen und lauschten. Schließlich stand Bo auf und schob das Fenster nach unten. Er lehnte sich weit hinaus und schaute nach links, dann nach rechts. Im Nacken hatte er ganz lange Haare.

– Hinauslehnen verboten, sagte Tine, den Blick zur Decke gerichtet.

– Ach ja, ach ja, sagte Bo.

Der Zug machte wirklich keinerlei Geräusche. Tine seufzte. Draußen über den Feldern flogen schreiend ein paar Möwen.

– Und, siehst du was?

Sie stand auf und stellte sich neben Bo. Sie

musste auf den Sitz steigen, um hinaussehen zu können.

– Nicht das Geringste. Na ja, darauf erst mal 'ne Kippe.

Sie rauchten zum Fenster hinaus.

– Kann ich dir übrigens mit irgendwas helfen, Tine, also zu Hause? Ich hab gerade mehr als genug Zeit.

– Kannst du einen Schaukelstuhl reparieren? Ich hab allerdings erst am Ersten wieder Geld.

– Daran wiad es nicht scheitern. Wir schauen uns das einfach mal an.

– Ich habe Geld, sagte ich, aber Tine warf mir über die Schulter einen Blick zu.

Jetzt waren auf dem Gang schwere Schritte zu hören. Der Schaffner riss die Tür auf:

– Wir kommen vorerst nicht weiter. Wir müssen abwarten.

– Das ist nicht Ihr Ernst, sagte Tine.

– Da können wir jetzt wohl nicht viel machen, sagte Bo.

– Es wird voraussichtlich noch eine Weile dauern.

– Ist es die Stromversorgung?, fragte Bo.

Der Schaffner zuckte mit den Schultern:

– Ich habe keine Ahnung. Ich soll nur die Meldung weitergeben. Das ist mein Job.

– Das ist hart, was?, sagte Bo.

– *Das* hier ist hart. Friert ihr gar nicht, Mädels? Also nicht, dass ihr auf die Idee kommt, das Fenster zuzumachen.

Nachdem der Zug eine halbe Stunde lang stillgestanden hatte, stiegen wir aus. Wir rechneten aus, dass es, wenn wir auf die Landstraße kamen, noch ungefähr acht Kilometer bis nach Hause sein müssten. Zuerst galt es allerdings einen Stacheldrahtzaun zu überwinden, und danach mussten wir über einen furchigen Acker. Vielleicht lag er brach, dort unter der Schneedecke. Tine mit ihren rosa Stiefeln hatte schon Schwierigkeiten voranzukommen, aber für Bo war es noch schlimmer. Der Schnee blieb an den Holzschuhen kleben, so dass sie immer schwerer wurden, er musste ständig stehenbleiben und den Schnee entfernen.

Tine und ich erreichten die Straße als Erste. Wir froren. Wir standen da und beobachteten den Kampf, den Bo mit seinen Schuhen ausfocht.

– Warum ist unser Leben immer so?, sagte Tine und formte mit ihren Händen einen Trichter vor dem Mund:

– Geht es, Bo?

– Verdammte Scheiße, rief er zurück und zeigte auf seine Schuhe.

– Haben wir schon gesehen, rief Tine. – Wir warten auf dich.

Wir hüpften auf und ab, um warm zu werden. Als Bo uns erreichte, waren wir ganz außer Atem. Und er auch. Aber auf der Landstraße war es dann viel leichter, voranzukommen. Es war überhaupt kein Verkehr, und so konnten wir zu dritt nebeneinander gehen, Tine hakte sich bei mir unter. Sie wirkte fröhlich, trotz des missglückten Ausflugs. Kurz vor Lundegårde blieb sie stehen und legte den Kopf in den Nacken:

– Schaut doch mal, der Himmel.

– Viel Blau ist da ja nicht zu sehen, sagte Bo.

– Nein, aber er ist so weit.

– Kein Wunder, ist ja alles flach hier.

– Jetzt heulen die Fähren, sagte ich.

– Das tue ich auch gleich, sagte Bo.

– Kann gut sein, dass es draußen auf dem Meer

schneit, sagte Tine. – Vielleicht ist es aber auch nur ein Gruß.

Das wussten Bo und ich natürlich. Aber Tine versorgte uns gerne mit solchen Informationen, sie war schließlich diejenige, die dort arbeitete. Sie fing an, ein Lied zu singen, das wir oft im Radio gehört hatten, und als sie zum Refrain kam, stimmten wir ein. Bo hatte nie richtig Englisch gelernt, weshalb er die meiste Zeit nur you-you-you, me sang. Er fand einen Rhythmus, der von oben nach unten durch seinen Körper wanderte und ihn vorantrieb. Zum Schluss mussten wir fast rennen, um noch hinterherzukommen. So waren wir schneller als erwartet wieder zu Hause. Bo schlüpfte aus den Holzschuhen und ging gleich in die Küche, um Kaffee zu kochen, nicht einmal seinen Rucksack setzte er ab. Er wirkte so klein ohne seine Schuhe.

9

Eines Morgens klingelte um Viertel vor acht das Telefon. Es war das Fährbüro. Ich müsse noch an einem obligatorischen Erste-Hilfe-Kurs teilnehmen, bevor ich anfangen könne zu arbeiten. Sie hätten vergessen, mir Bescheid zu geben, und jetzt hätte gerade jemand für heute abgesagt. In einer halben Stunde solle ich in der Wartehalle sein, von da aus würde man uns dann zu den Kursräumen bringen.

Es war noch dunkel. Ich beeilte mich mit dem Anziehen, fuhr mir schnell mit der Bürste durch die Haare und trank ein Glas Wasser. Tine kam mit Ditte, die sie in ihre Decke gehüllt hatte, aus dem Schlafzimmer:

– Wo willst du hin?

– Zum Erste-Hilfe-Kurs. Ich muss sofort los.

– Oje, du Arme. Das einzig Gute da sind die Plunderteilchen.

– Darf ich mir noch mal dein Fahrrad leihen?

– Klar doch. 8-5-3-9.

– Ich weiß schon. Danke, Tine.

Ich fuhr so schnell, wie ich konnte. Die Straße war noch immer voller Matsch, und meine Hosenbeine waren im Nu dreckig. Auf dem halben Weg die Havnegade hinunter sprang mir dann die Kette ab, ich wäre beinahe gestürzt. Ich schob das Rad auf den Gehsteig und hantierte an der Kette herum, bekam sie aber nicht wieder dahin, wo sie hinsollte. Sie war ganz rostig und hätte dringend mal wieder geölt werden müssen. Trotzdem wurden meine Hände ganz schwarz. Ich stellte das Fahrrad vor einem der Bunker ab und lief los. Als ich gerade über den Fußgängerübergang in Richtung Færgevej gerannt war, bemerkte ich ein weißes Auto neben mir. Der Fahrer gab mir zu verstehen, dass er mich mitnehmen könne, ein paar Meter weiter vorne fuhr er rechts ran. Er öffnete die Beifahrertür und nahm die Küchenrolle vom Sitz.

– Du willst wohl zur Fähre?, sagte er.

Ich nickte.

– Ja.

– Da muss ich auch hin. Was ist denn passiert?

Er blickte auf meine schwarzen Hände.

– Mein Fahrrad. Die Kette ist abgesprungen.

– Das bekommt man mit Kaffeepulver ganz leicht ab. Funktioniert wirklich.

Er setzte den Blinker und fuhr los.

– Dann muss ich schauen, dass ich irgendwo Kaffee herbekomme. Ich muss zu einem Kurs.

– An Bord?

– Nein, der findet an Land statt.

– Aber du arbeitest auf der Fähre?

– Noch nicht. Ich fange im Februar dort an.

– Ich kann mich auch nicht erinnern, dich schon mal gesehen zu haben.

– Arbeitest du auch da?

Er lächelte.

– Nein, aber ich fahre jede Woche ein paar Mal hin und her. Ich arbeite als Elektriker.

– In Deutschland?

– Ja, aber ich wohne in Brønshøj.

– Das hört sich anstrengend an.

– Ach, das ist gar nicht so wild.

Er schaltete in einen niedrigeren Gang und bog ab in Richtung Wartehalle. Die Küchenrolle rutschte auf der Ablage unter der Windschutzscheibe hin und her.

– Nimmst du das Auto gar nicht mit an Bord?, fragte ich.

– Doch, aber ich setze dich zuerst hier ab.

– Danke, das ist sehr nett von dir.

– Vielleicht sehen wir uns ja mal. Wo arbeitest du denn dann?

– In der Parfümerie. Nochmals vielen Dank.

Ich warf die Autotür zu, und er winkte noch, bevor er wendete und zum Zufahrtsweg zurückfuhr. Es war erst fünf nach acht, ich hatte also noch genügend Zeit. Ich blieb draußen vor der Wartehalle stehen, bis ich ihn die Rampe hinauffahren und in der Fähre verschwinden sah.

Ingeman-Hansen hatte seinen Gürtel im letzten Loch geschlossen, aber es half nichts. Was er in der Höhe hatte, fehlte ihm in der Breite. Während er vor der Tafel auf und ab ging, zog er wieder und wieder seine Hose hoch, und das machte es schwierig, sich auf die Folgen von Wärme- und Kälteschäden zu konzentrieren. Man hatte anderes zu befürchten.

In der Kaffeepause gab es dann tatsächlich Plunderteilchen. Ich legte eines auf meinen Pappteller und setzte mich an den Tisch, der am hinteren Ende des Raums am Fenster stand. Von dort hatte man Aussicht auf die Bahngleise und einen schmalen Streifen Ostsee. Inzwischen war die Sonne ein wenig herausgekommen, das Meer glitzerte.

Eine Hand legte sich auf meine Schulter:

– Wie geht's denn Tine?, fragte Elsebeth mit einer noch unangezündeten Zigarette zwischen zwei Fingern, sie senkte ihre Stimme:

– Fürs Frühstück hat es heute nicht mehr gereicht, ich konnte einfach nicht aufstehen. Am Ende hat mich Carsten geschlagen, oah, ich hätte ihn sonst was können. Aber kommt sie soweit klar? Sie war ja schon ganz schön früh dran.

– Naja, sie ist doch schon fünfundzwanzig.

– Wie alt ist die Kleine denn?

– Bald ein halbes Jahr. Sie ist sehr pflegeleicht.

Elsebeth nickte, sie sah einem immer lange in die Augen. Im August würde sie als Vertretung bei Men's Corner anfangen, und danach wollte sie an die Uni und Archäologie studieren. Ihre Eltern hatten einen Lebensmittelladen in Sædinge. Sie war ein Jahr älter als ich.

– Oah, ich glaub, ich nehm mir noch so ’ne Schnecke, sagte sie, blieb aber stehen:

– Oder nee, zuerst rauch ich eine. Rauchst du nicht?

– Nein.

– Dann kann Tine ja deine Personalzigaretten haben. Sie raucht doch, oder?

– Ja, manchmal.

– Na, dann ist ja gut. Weißt du was, Jane, ich bin wirklich froh, dass du auch hier anfängst. Ich kenne hier kaum jemanden, und du?

– Nein. Oder doch, also vom Sehen.

– Die zwei mit den Röcken sind aus Falster. Sie sind Mutter und Tochter.

– Das hab ich mir schon gedacht.

– Sollen wir uns nicht noch eine Tasse Kaffee holen?

Ich hielt mich den Rest des Tages an Elsebeth, auch bei der Feuerübung draußen vor den Hallen. Sie stellte viele Fragen. Der Brandinspektor und Ingeman-Hansen fingen an, uns »die Damen«

zu nennen, obwohl ich überhaupt nichts gesagt hatte.

– Was wollen die Damen denn diesmal wissen?, fragte der Brandinspektor, als Elsebeth die Hand hob.

– Wie verhindert man denn am besten eine Panik auf offener See? Können Sie vielleicht etwas zu den psychologischen Aspekten sagen?

– Das ist ein wichtiges Thema, da bist du der Experte, sagte der Brandinspektor und nickte Ingeman-Hansen zu.

– Überblick vor allem, sagte der und sah zu Boden. Es stieg noch immer ein wenig Rauch aus der Matratze auf, die mitten auf dem Platz lag. Der Kurs hätte vor zehn Minuten zu Ende sein sollen, und die Leute wurden unruhig.

– Aha. Aber ich kann den Rest ja nachlesen, sagte Elsebeth und zog den Reißverschluss ihrer Jacke bis oben hin zu.

– Im Büro gibt es jede Menge Material zum Mitnehmen, und danke für die Aufmerksamkeit, sagte Ingeman-Hansen.

Es war schon fast halb drei. An der Bushaltestelle verabschiedete ich mich von Elsebeth und machte mich zu Fuß auf den Heimweg. Ein paar Mal schaute ich mich über die Schulter um. Die Luft war feucht. Als ich über die Brücke ging, fuhr der Bus an mir vorbei. Elsebeth saß ganz hinten und winkte mir heftig zu, in der Hand eine Orange, und ich winkte zurück. Ich erreichte das Fahrrad, schloss es auf und schob es neben mir her. Von weitem schon konnte ich Tine auf der Bank vor dem Wohnblock sitzen sehen, sie trug die alte Strickjacke unserer Mutter und schob den Kinderwagen vor und zurück. Ich lächelte. Sie stand auf und hüpfte auf und ab, sobald sie mich entdeckte.

10

Ich hatte in meiner Tasche ein Puddingteilchen mit nach Hause geschmuggelt. Es war in zwei Servietten eingepackt und krümelte ziemlich, als ich es herausnahm. Tine saß mit Ditte auf dem Schoß am Esstisch und klatschte mit den kleinen Händen Backe-backe-Kuchen:

– Einen für Mama und noch einen für Mama. Willst du rüber zu Jane?

Ich nahm Ditte zu mir, und Tine begann zu essen. Wir hatten Kaffee gekocht, die ganze Wohnung duftete danach.

– Ich bin heute Morgen mit einem Elektriker mitgefahren, sagte ich.

– Mit Tom Hansen?

– Ich weiß nicht, wie er heißt. Er war aus Brønshøj.

– Ach so, der. Das ist Abel. Der hat 'nen Arsch voll Geld.

– Aber man kann doch nicht Abel heißen.

– Wir nennen ihn so. Abel Spendabel.

– Woher weißt du, dass er Geld hat?

– Er kauft immer nur das Teuerste für seine Frau. Er war doch blond, oder?

– Ja, schon.

– Und hatte so ganz breite Hände?

– Also darauf hab ich nicht geachtet. Er hat mich bis vor die Wartehalle gebracht.

– Sei bloß vorsichtig mit dem.

– Warum das denn?

– Wie gesagt, er hat eine Frau.

Sie deutete mit dem Rest des Puddingteilchens auf Ditte:

– Vielleicht hat er auch Kinder.

– Tine, wollen wir heute Abend nicht was essen gehen?

– Essen gehen? Wohin denn?

– Wir könnten ins Danhotel gehen. Ich bezahle.

– Was ist denn jetzt los? Warst du heute nicht schon genug draußen?

– Ich will dich gerne zum Abendessen einladen. Als Dankeschön, weil du mir den Job besorgt hast.

– Das hast du doch ganz allein hinbekommen.

– Aber du hast mir den Vorstellungstermin verschafft.

– Jeder Idiot hätte das gekonnt, bei deinem Abitur.

– Jetzt komm mir nicht schon wieder damit.

Tine bestand darauf, dass ich mir ihre Satinbluse auslieh. Sie selbst zog eine graue Jersey-Kombination mit kurzem Rock und T-Shirt an. Über den schönen Sachen mussten wir allerdings dicke Pullover tragen, um unterwegs nicht zu frieren. Bis zum Danhotel waren es ein paar Kilometer, wir schoben abwechselnd den Kinderwagen. Ein paar Typen in einem Auto fuhren an uns vorbei und hupten, und Tine winkte lachend, mit beiden Armen hoch über dem Kopf:

– Für so was seid ihr doch zu alt!

– War das Michael?, fragte ich.

– Ja, und das neben ihm war Pferd. Das Auto gehört seinem Bruder.

– Redest du immer noch mit denen?

Tine zuckte mit den Schultern:

– Manchmal. Sie sind schon in Ordnung. Mann, hab ich Hunger.

Doch das Danhotel hatte wegen Krankheit geschlossen. Wir standen vor der Tür und starrten das Pappschild an. Irgendwo dort drinnen lärmte ein Staubsauger. Hinter uns im Hafen lag das Wasser still und schwarz zwischen den Kuttern, doch weit draußen vor der Mole schäumte es.

– Das ist doch mal wieder typisch, sagte Tine.

– Ich könnte die gute Pizza mit Sardinen machen, sagte ich und legte meine Hand auf ihre Lederjacke.

– Wir haben keine Sardinen.

– Na, dann eben ohne.

– Wir haben auch keine Hefe.

– Das macht nichts, ich nehm einfach Backpulver.

– Geht das?

– Man kann es ja zumindest versuchen.

– Magst du?

Ich nickte, und wir machten kehrt und gingen zurück, die Havnegade entlang, das Meer im Rücken. Hinter der Sparkasse konnte man es nicht mehr hören. Da war dann nur noch ein Sausen von der Autobahn. Wind. Laute Stimmen aus einem der Häuser, sonst nichts.

FÄHRLAND

11

Absätze trippelten durch die Wartehalle. Stimmen vermischten sich, über allem lag Monas Zwitschern. Wir gingen am menschenleeren Zoll vorbei und weiter zum Aufenthaltsraum für das Personal, wo riesige Fenster vom Boden bis zur Decke den Blick auf die Ostsee freigaben. Die Dänemark hatte Verspätung. Zigaretten wurden angezündet, Frisuren im Spiegel an der Wand überprüft. Mona drehte sich um, einen Metallkamm in der Hand:

– Wann geht's denn nun *endlich* los?

– Frühestens in einer halben Stunde.

– Ja, bis die mal angelegt und alles abgefertigt haben.

Wenn Mona eine Frage in den Raum warf, kamen immer mindestens zwei Antworten. Das war mir schon am ersten Tag aufgefallen. Jetzt zwängte sie sich zwischen den Jungs aus dem Supermarkt auf die Bank:

– Ich darf mich doch noch hier reinquetschen, oder?, sagte ihr roter Mund.

– Schon okay.

– Du nimmst doch sowieso keinen Platz weg, Mona, sagte der Hübschere von den beiden.

– Ach, Tim. Du wärst ja schon mein Typ.

Am Tisch vor dem Fenster wurden Spielkarten hervorgeholt. Ich suchte in meiner Tasche nach einem Apfel, ich hatte Hunger, dabei hatte ich erst vor knapp einer Stunde gefrühstückt. Die große Uhr im Aufenthaltsraum stand auf Viertel nach acht, sie ging allerdings anderthalb Stunden vor. Alle wussten das. Tine hatte mich extra vorgewarnt, als ich an meinem ersten Tag von zu Hause losging.

– Wenn ihr warten müsst, dann verlass dich nicht auf die Uhr. Sie geht anderthalb Stunden vor.

– Woher willst du das denn wissen? Du warst doch ein halbes Jahr nicht bei der Arbeit.

– Glaub mir, ich weiß es.

Jetzt ließ Mona ihre kleinen Füße in den dunkelblauen Pumps über dem Fußboden baumeln, vor und zurück, und begann zu singen:

– Und sie warteten, bis sie starben, und sie warteten, bis sie starben.

– Ach komm, so schlimm ist es nun auch wieder nicht.

– Da kommt sie schon, Mona, siehst du?, sagte Tim und stand als Einziger auf und ging zum Fenster. Er war jetzt ganz nah, seine Stimme war tief und angenehm. Ich nahm einen großen Bissen von meinem Apfel, der für einen Winterapfel ganz schön spritzte und krachte. Tim lächelte mich an:

– Das klingt saftig, sagte er, und ich nickte und lächelte zurück, mit vollem Mund.

An der Gangway roch es nach Maschinenöl. Es machte einen ziemlichen Lärm, wenn man darüberging, aber auf der Fähre schluckte der weiche Bodenbelag sofort alle Schritte. Ich folgte Mona und Marie Svendsen zum Hintereingang der Parfümerie, die zwei von der Nachtschicht waren eben damit fertig geworden, die Kasse zu machen, und kamen jetzt mit den Geldtüten in der Hand heraus.

– Und, hattet ihr viel zu tun?, fragte Mona.

– Und wie.

– Was für eine Nacht.

Sie sahen abgekämpft und müde aus. Sie kamen beide aus Holeby und wechselten sich mit dem Autofahren ab. Ich hatte noch nicht mit ihnen zusammen Dienst gehabt, aber wir grüßten uns immer sehr herzlich, wenn wir einander ablösten. Tine nannte sie Fräulein Fein und Gemein. Ich wusste nicht, wer von beiden wer war. Womöglich war die Kleinere Fräulein Fein, denn sie lächelte mehr als die andere. Die beiden waren Cousinen und mit einem Brüderpaar aus Nysted verheiratet. Jetzt wollten sie nach Hause und schlafen, sie verabschiedeten sich und gingen auf Korksohlen in Richtung Bank.

Wir übernahmen die Parfümerie und die Kassen. Beim Wechselgeldzählen war Marie Svendsen die Schnellste, ich selbst hatte das noch immer nicht richtig raus. Es erforderte eine gewisse Feinmotorik, die Münzen mit dem Zeigefinger der rechten Hand über die Tischplatte und in die geöffnete linke Hand zu schieben. Die meisten konnten auch die Münzrollen mit einem einzigen Schlag gegen die Theke aufbrechen, ich stand jedes Mal dumm da und fieselte mühsam das Papier ab. Sobald Mona mit ihrem Wechselgeld fertig war, zog sie immer ein kleines hellblaues Stofftier aus ihrer Tasche und setzte es auf die Kasse.

– Das ist mein Maskottchen, sagte sie, wenn jemand danach fragte, und auch, wenn nicht gefragt wurde.

Sobald die Fähre ablegte, ging eine von uns durch die Hintertür hinaus und schloss von außen auf. Die Glastüren wurden geöffnet und links und rechts an den Metallvorrichtungen am Boden und an der Decke festgemacht. Wenn draußen schon Kunden warteten, strömten sie gewöhnlich einfach in den Laden, ohne einen zuerst vorbeizulassen, und man musste sich mit hocherhobenem Haupt seinen Weg bahnen. Ich hatte meine Haare oben am Kopf zu einem Pferdeschwanz zusammengebunden. Es schien mir leichter, Kunden zu bedienen, wenn mir nicht ständig die Haare ins Gesicht fielen.

Die allermeisten Kunden auf der Hinfahrt waren Schweden auf dem Weg in den Skiurlaub. Sie kauften Sonnencreme und Lippenpflegestifte und trugen rote und blaue Skianoraks und klobige Stiefel von guter Qualität.

Wir standen hinter der Theke, jede an ihrer Kasse, und sahen hinaus auf das Treiben. Der Kundenstrom war kurz abgeflaut. Marie Svendsen nutzte die Gelegenheit und probierte einen neuen Duft von Lancôme aus.

– Ih, wie eklig, sagte Mona.

– Das ist ja schlimmer als Blue Grass, man riecht es bis hierher.

– Und es stinkt nach Katze, ganz sauer irgendwie.

– Komm, bitte geh rauf und wasch dich, Marie.

– Nein, gib mir lieber mal Paris.

– Na hoffentlich kann Paris das überdecken.

Mona reichte Marie den runden Flakon über die Theke, und sie sprühte sich Paris auf beide Arme und den Hals und auch ein wenig ins Haar. Mona lachte. Rosenduft breitete sich aus. Marie schickte ein paar Spritzer in den Raum und zu mir herüber, ich streckte ihr mein Handgelenk entgegen. Als ich anfing, das Parfum in die Haut einzumassieren, hielten mich die beiden davon ab:

– Nein, bloß nicht.

– Damit zerstörst du die Duftmoleküle.

– Du musst das Parfum immer von selbst trocknen lassen.

– Ich weiß schon. Ich vergesse es nur immer.

Eine skeptisch dreinblickende dicke Frau kam herein. Sie sah sich um und steuerte auf mich zu. Sie hatte den Riemen ihrer Handtasche um Hals und Oberkörper geschlungen und alles fest vertäut. In der Tasche steckte ein Zettel, den sie nun herauszog und mir reichte.

– Da haben Sie die Einkaufsliste. Die ist von meiner Schwester. Und ich selbst kriege auch noch was. Ich kann mich nur nicht mehr erinnern, es beginnt mit H, sagte sie mit einer tiefen Stimme, sie brummte wie ein Bär. Ich wandte mich zum Regal um und begann zu suchen.

– Fünfundsiebzig, sagte Mona hinter ihrer Kasse auf Schwedisch.

Das Tagesgericht war Apfel-Speck-Pfanne. Mona aß eine große Portion und trank dazu Cola. Ich saß daneben und fragte mich, was ihr Körper wohl mit all dem Essen machte. Ich selbst hatte mir von zu Hause etwas mitgenommen, Schwarzbrot mit Mettwurst, Tine hatte es geschmiert. Mona schob die letzten Reste Apfel und Speck auf ihre Gabel, kaute und leckte sich die Lippen. Dann wurden die

Zigaretten hervorgeholt. Sie rauchte eine sehr lange Marke.

– So lässt es sich aushalten, sagte sie und blies Rauch in die Luft.

Es würde noch über eine Viertelstunde dauern, bis wir ablegten. Ich stand auf und ging eine Runde an Deck. Die Wolken hingen dunkel über Puttgarden, doch die Luft war ganz mild, es würde also nur regnen. Ich ging ganz vor bis zur Reling. Die Matrosen dort unten hatten alle Hände voll zu tun, den Verkehr in die richtigen Bahnen und an Bord zu dirigieren. Da waren drei Reihen Pkws, außerdem unzählige Lastwagen auf dem Weg zum Lastwagendeck. Wie es aussah, würden wir auf dieser Überfahrt keinen Zug an Bord haben. Hinter Lagergebäuden und Baracken ragte das Hotel Puttgarden auf. Ich hatte dort einmal Kalbsschnitzel mit weißer Soße gegessen. Das war in der neunten Klasse, an Christi Himmelfahrt, ich war mit zwei anderen Mädchen und drei Jungen unterwegs gewesen. Eigentlich hatten wir nach Burg fahren wollen, aber der Bus war gerade weg und der nächste wäre erst eine Stunde später gefahren.

Ich drehte mich um und ging wieder nach drinnen. Vor den Glastüren der Parfümerie warteten schon viele Kunden, was Mona nicht zu stören schien. Sie stand über die Theke gebeugt da und lackierte ihre Fingernägel. Marie Svendsen füllte die Regale auf. Ich ging durch den Hintereingang in den Laden und legte meine Stofftasche auf die Ablage unter der Kasse. Mona wedelte mit ihren pinkfarbenen Nägeln:

– Hm, wie wär's, wenn jemand was Süßes holen würde?

– Gute Idee, sagte Marie Svendsen.

– Kann ich gerne machen, sagte ich.

– Sie hatten heute so viel Bruch. Frag doch, ob es vielleicht Schokokaramell gibt.

»Bruch« war ein fester Bestandteil meines Vokabulars, seit Tine auf der Fähre arbeitete. War die Verpackung einer Ware kaputtgegangen, konnte man sie nicht mehr verkaufen, und dann durften sich die Mitarbeiter einfach bedienen. Jetzt ging ich durch den Personaleingang in den Supermarkt, wo Tim gerade dabei war, Kartons zu entsorgen. Sie wurden in Stücke gerissen und in einer Maschine gebündelt. Er sah überrascht aus, als er mich bemerkte:

– Oh, hallo.

– Hi.

– Hast du Kartons für mich?

– Nö, ich wollte nur fragen, ob ihr vielleicht Bruch dahabt.

– Denke schon, und wenn nicht, machen wir eben welchen. Was wollt ihr denn haben? Toblerone?

– Ja, klingt gut.

Er griff nach oben ins Regal und zog eine verbeulte Packung Toblerone herunter, dabei erwischte er auch eine halbe Tüte Weingummi. Ich nahm beides entgegen und lächelte ihn an. Er lächelte zurück, ein sehr warmes Lächeln. Es kam selten vor, dachte ich, dass man Jungs auf diese Art lächeln sah.

– Vielen Dank, sagte ich. – Aber ich kann mich gar nicht richtig revanchieren.

– Klar kannst du. Du kannst doch fegen, oder?

– Wie meinst du das?

– Mit einem Besen. Du kannst morgen den ganzen Tag für mich fegen.

– Ja, aber, ich habe Nachtschicht.

– Na, das ist aber dumm. Aber hey, ich arbeite morgen ja auch nachts.

Ich wusste nicht genau, wie er das meinte, und stand ein wenig unschlüssig da. Er fing an zu lachen.

– War doch nicht ernst gemeint. Grüß die anderen.

Er wandte sich wieder den Kartons auf dem Boden zu. Ich ging zurück zur Parfümerie, die Süßigkeiten eng an den Körper gepresst, und dort stand auch schon Mona und hielt erwartungsvoll die Hände auf:

– Bäh, gab's nichts anderes als Weingummi?

– Aber das sind doch die guten.

– Es gibt auch Toblerone.

– Igitt, ich kann diese klebrigen Dinger nicht leiden.

– Ist es schon so spät?

Die Fähre machte einen Ruck, wir legten ab und nahmen Fahrt auf. Marie Svendsen ging nach draußen, um aufzuschließen, während Mona noch schnell fertigkaute. Die Informationsdame hieß alle an Bord willkommen, noch bevor wir die Mole hinter uns gelassen hatten. So schnell ging es nicht jedes Mal.

Während der gesamten Überfahrt war die Parfümerie voller Kunden. Sie standen bis zu den Glastüren hinaus Schlange. Im Geschäft stieg die Temperatur immer weiter an, und ich spürte, wie ich an der Oberlippe und am Haaransatz schwitzte. Ab und zu warf ich einen kurzen prüfenden Blick in den Spiegel auf der Theke, doch da war kein Schweiß zu sehen. Ich hatte einen neuen Puder aufgetragen, den Marie Svendsen mir empfohlen hatte. Er war ein bisschen gelblich, was mich wie eine Wachspuppe aussehen ließ. Ich verwendete auch Lidschatten, Wimperntusche und Eyeliner, aber nur selten Lippenstift. Mona hatte das irgendwann einmal kommentiert:

– Schminkst du dir gar nicht die Lippen?

– Nein. Mit Lippenstift sieht mein Mund so groß aus.

– Ach was. Ich finde viel eher, dass du einen wirklich *kleinen* Mund hast.

An den folgenden Tagen bemühte ich mich, den unteren Teil meines Gesichts möglichst breit zu machen, auch wenn ich ganz allein in der Parfümerie war, bis Elsebeth irgendwann mit einer Stange Zigaretten unter dem Arm vorbeigehastet kam und abrupt an den Glastüren stehenblieb:

– Hallo Jane, Süße, alles okay mit dir?

– Natürlich, was sollte denn sein?

– Du siehst irgendwie angestrengt aus. Aber wir haben ja bald frei.

Da hörte ich auf, meine Kiefermuskulatur anzuspannen.

Monas kleine Hand mit dem Glockenarmband klingelte und bimmelte durch den Lärm der Kunden hindurch. Sie war eine gute Verkäuferin. Wenn die Kunden um Reinigungsmilch baten, stellte sie auch Gesichtswasser und Tagescreme auf die Theke. Wenn es gut lief, machte sie mit Nachtcreme und Augencreme weiter. Wenn es nicht gut lief, dann zog sie einen Schmollmund und spielte an ihrem hellblauen Stofftier herum, bis die Kunden schließlich doch Interesse zeigten. Ich beobachtete sie, wenn ich gerade keine eigenen Kunden zu bedienen hatte. Jetzt standen an meiner Kasse zwei junge Mädchen, die ihr Geld zählten und sich flüsternd unterhielten. Sie mussten sich zwischen Anaïs Anaïs und Oscar de la Renta entscheiden. Es ging um ein Geschenk für eine gemeinsame Freundin.

– Was meinen Sie?, fragte mich die Kleinere der beiden und kaute auf ihrer Unterlippe herum.

– Oscar de la Renta. Das hat mehr Stil.

– Oh, danke. Dann nehmen wir das. Vielen Dank.

– Möchtet ihr vielleicht auch eine Probe von KL mitnehmen?

– Ja, gerne.

Die Mädchen legten das Geld auf die Theke, lächelten und bedankten sich noch einmal. Ich warf einen Blick hinüber, in Monas blaue Augen. Sie drehte sich um und bückte sich nach einer Dose Haarspray. Mein nächster Kunde war Lastwagenfahrer. Das sagte er selbst.

– Ich soll Feuchtigkeitscreme kaufen, für meine Frau. Ich bin Lastwagenfahrer.

Die Regale waren ziemlich leer geräumt, als wir endlich den Hafen erreichten. Wir füllten neue Waren nach und zählten das Geld. Suchten unsere Mäntel und Taschen zusammen. Wir waren pünktlich, und unsere Ablösung stand schon bereit, als wir die Parfümerie verließen. Mona und Marie Svendsen gingen vor mir zur Bank und weiter von Bord. Als wir den Zoll passierten, drehte sich Mona zu mir um:

– Du brauchst den Kunden übrigens keine Proben mitgeben, wenn sie nicht direkt danach fragen. Tschüs.

– Ja, bis dann.

Sie trippelten davon, unter der Unterführung durch in Richtung Parkplatz. Ich blieb kurz vor dem Busfahrplan stehen, dann folgte ich ihnen. Ein Duft von Rosen und etwas Säuerlichem hing in der Wartehalle, Paris, Givenchy, Arpège.

12

Tine saß an der Heizung, die Beine dicht an den Körper gezogen. Sie trug ihre Haare offen. Sie hatte sie seit der Schwangerschaft wachsen lassen, und inzwischen reichten sie ihr weit den Rücken hinab. Sie aß gerade einen Joghurt, ab und zu bekam auch Ditte ein Löffelchen. Ditte machte laute Geräusche und wippte in ihrem Babystuhl heftig vor und zurück. Tine stellte den Becher weg und verbarg ihr Gesicht hinter den Haaren:

– Und, gibt's was Neues?

– Nö. Oder doch, wir verkaufen jetzt auch Badekappen.

– Spannend.

– Und ich soll dich von der Kleinen aus dem Supermarkt grüßen.

– Danke.

– Bist du sauer?

– Nein.

– Geht's dir nicht gut?

– Lass einfach gut sein, ja?

– Was hast du denn heute gemacht?

Sie schüttelte sich die Haare aus dem Gesicht und beugte sich lächelnd zu Ditte hinunter:

– Da ist die Mama.

Und zu mir, ohne die geringste Andeutung eines Lächelns:

– Sieht es vielleicht so aus, als ob ich irgendwas gemacht hätte?

Die Wohnung sah aus wie am Tag zuvor. Chaos überall. Dabei hatte Tine doch extra vor der Garderobe im Flur einen Vorhang angebracht und das Ganze »Mistschrank« getauft. Für unseren ganzen Krempel, meinte sie. Wir könnten hier zum Beispiel auch die Mülltüte abstellen, wenn wir es nicht bis nach draußen zum Müllschlucker schafften.

Unsere Mutter hatte immer gesagt, das mit der Ordnung sei bei uns wohl ein wenig aus dem Ruder gelaufen. Ich hatte den Ausdruck nie verstanden. Ich musste an einen Fluss denken, und ich sah Tine und mich forttreiben, jede auf ihrem eigenen Floß. Unsere Mutter stand am Ufer und rechte Laub zusammen. Ich weiß nicht, wo das mit dem Laub herkam, wir hatten nie einen Garten gehabt. Tine sagte, Ordnung sei nur etwas für alte, verbitterte Menschen. Unsere Mutter sagte, sie solle ihre Zunge hüten.

– Jetzt ist aber gleich Klappstuhl, sagte unsere Mutter, wenn Tine wieder einmal die Keksdose plünderte.

– Jetzt ist Schluss mit Frieden, sagte Tine, wenn die Dose leer war.

– Nein, der Frieden ist geschlossen, rief ich von meinem Schreibtisch hinüber. – Wenn der Frieden geschlossen ist, hat er gerade begonnen. Dann ist Schluss mit dem Krieg.

– Blödscheißer, sagte Tine.

Bo war für ein Stündchen da gewesen, um sich den Schaukelstuhl anzusehen, der jetzt mitten im Wohnzimmer auf dem Kopf stand. Die kaputte Schiene und eine kurze grüne Säge lagen zusammen mit der Programmzeitschrift auf dem Fernseher. Tine hatte den Tag damit verbracht, alle Fernsehsendungen aufzulisten, die sie in der kommenden Woche sehen wollte. Die meisten waren auf Deutsch. Außerdem lag da ein Katalog mit den zollfreien Waren, die man auf der Fähre kaufen konnte. Tine bestand darauf, mich Produkte und Preise abzufragen. Das war vollkommen unnötig, denn in der Parfümerie standen sämtliche Preise auf kleinen Schildchen vor dem jeweiligen Produkt. Vielleicht wollte sie auch nur ihr eigenes Wissen auffrischen. Nicht einmal mehr ein Monat, und sie würde wieder anfangen zu arbeiten.

Sie freute sich, sie musste unbedingt wieder unter Menschen. Sie sei kurz davor, durchzudrehen, hatte sie gesagt. Ich sagte, ich könne sie gut verstehen, aber das stimmte nicht, und das wusste sie auch. In Wahrheit träumte ich davon, für den Rest meines Lebens zu Hause zu sitzen. Ich schämte mich dafür, konnte der Vorstellung jedoch nicht widerstehen. Eine Schicht auf der Fähre oder ein kurzer Ausflug nach Maribo waren gerade noch machbar, ich konnte schon rausgehen und mich einigermaßen zusammenreißen, aber eben nicht allzu lange.

13

Ich hatte Nachtschicht, und am späten Nachmittag hatte Elsebeth angerufen, um zu fragen, ob ich mitfahren wolle. Sie hatte sich das Auto von ihrem Vater geliehen und wollte mich um halb neun irgendwo aufsammeln. Wir verabredeten, dass ich an der Bushaltestelle in der Havnegade auf sie warten würde. Es war der siebzehnte Februar, und doch fühlte sich die Luft ganz mild an. Es regnete ein wenig. Ich stand mit der Kapuze auf dem Kopf und meiner Stofftasche in der Hand unter der Straßenlaterne. Noch ein gutes Stück von mir entfernt blendete Elsebeth kurz die Scheinwerfer auf, dann fuhr sie rechts ran und öffnete schwungvoll die Beifahrertür:

– Hi, oah, komm rein ins Warme. Bist du fit soweit?

– Ja. Danke, dass du mich mitnimmst.

– Ist doch selbstverständlich. Aber, Jane, meinst du, dass heute Nacht überhaupt was los ist? In

Schweden sollen gerade Winterferien sein. Ich mag die Schweden doch so gerne.

– Gestern waren viele Schweden da.

– Sie kaufen viel, und sie sehen alle so gut aus. Willst du eine Frikadelle?

– Du hast Frikadellen dabei?

– In der Tasche. Bedien dich einfach. Ich hab fünfundzwanzig Stück mit, meine Mutter hat stundenlang am Herd gestanden.

– Danke, aber ich hab gerade gegessen.

– Was gab's denn bei euch?

– Nur belegte Brote.

– Isst die Kleine denn inzwischen richtiges Essen?

Ich nickte:

– Sie kann es langsam richtig gut.

– Hm. Ich freu mich drauf, sie bald mal zu sehen. Carsten will unbedingt Kinder haben.

– Wie läuft es denn mit ihm?

– Richtig gut. Er sucht gerade eine Wohnung für uns in Kopenhagen. Und du hast es ganz aufgegeben mit dem Studium?

– Ja.

– Und was sagt Tine dazu? Sie ist sicher stinksauer.

– Nein, glaube ich nicht. Was hast du eigentlich mit all den Frikadellen vor?

– Ja, aber, Süße, wir brauchen doch auch ein bisschen was zu essen heute Nacht. Vielleicht machen wir ein kleines Frikadellenfest. Spielst du Karten?

– Nein.

– Gott sei Dank. Dann müssen wir ja nur zusehen, dass wir die anderen Luschen bei Laune halten.

Es war meine dritte Nachtschicht. Nachts waren wir immer zu zweit in der Parfümerie, diesmal hatte ich zusammen mit Stephanie Christensen Dienst. Sie war zweiunddreißig und Mutter von zwei kleinen Mädchen. Ich hatte sie auch schon gefragt, wie ihre Töchter hießen, hatte aber ihre Antwort nicht verstanden. Jetzt wollte ich nicht noch einmal fragen. Stephanie Christensen bewegte sich immer sehr vorsichtig. Noch nie hatte ich jemanden so bedächtig Wasser auf einen Teebeutel gießen sehen. Anschließend bewegte sie den Teebeutel unzählige Male in der Tasse auf und ab. Wenn sie für eine Kundin einen Lippenstift oder eine Bodylotion aus der Schublade unter der Theke holte, bekam ich manchmal Angst, sie könnte da unten umgekippt sein. Es kam auch vor, dass ein Kunde sich über die Theke beugte, um zu sehen, wo sie abgeblieben war. Ihre Haare standen senkrecht nach oben. Sie waren ganz steif vom vielen Haarspray und bewegten sich kein bisschen, selbst dann nicht, wenn sie bei einer kräftigen Brise auf Deck saß. Ich hatte das einmal in der Pause gesehen, als ich frische Luft schnappen wollte. Die Fähre schlingerte und schaukelte.

Die heutige Nacht würde ruhig werden. Es ging keinerlei Wind. Wir zählten das Geld in den Kassen nach und füllten ein wenig die Regale auf. Die Fähre legte ab, die Informationsdame hieß die Reisenden an Bord willkommen. Es kamen keine Kunden. Etwa auf halber Strecke sagte ich zu Stephanie Christensen, ich wolle schnell einkaufen gehen. Ich nahm meine Stofftasche und ging zum Supermarkt, sah mich dort um und kaufte schließlich einen kleinen orangefarbenen Stoffhund für Ditte. Tim und Lauge saßen nebeneinander auf dem langen Packtisch und tranken Cola. Tim schlug mit den Händen auf die Tischplatte, zum Zeichen, dass ich mich neben ihn setzen solle.

– Komm doch kurz her, sagte er, aber ich hatte schlechte Erfahrungen damit gemacht, auf Tische und Ähnliches zu klettern, und so blieb ich stehen.

– Für wen ist der denn? Hast du Kinder?

Er zeigte auf den Stoffhund, den ich noch in der Hand hielt.

– Nein, der ist für die Tochter meiner Schwester. Kennst du Tine nicht?

– Nee. Sollte ich?

– Sie arbeitet auch in der Parfümerie. Gerade ist sie im Erziehungsurlaub, aber im März kommt sie zurück.

– Ach so. Aber ich bin ja noch nicht so lange hier, ich hab erst im Dezember angefangen.

– Ich dachte, du wärst schon länger hier.

– Nein, nein.

– Er hat es bloß raus, so zu tun, als sei er ein alter Hase, sagte Lauge.

– Ich war vorher auf der Oslo-Fähre, sagte Tim.

– Aber du kommst doch aus Brandstrup, oder?, fragte ich.

– Ja, woher weißt du das denn?

– Ich kann mich an dich erinnern, von einem Sportfest. Du hast dir irgendwas gebrochen.

– Meinen Zeh. Du warst auch da?

– Ja, das war beim Kugelstoßen.

– Idiot, sagte Lauge.

– Stimmt, siebenundsiebzig war das.

– Da haben wir wohl beide ein gutes Gedächtnis, sagte ich.

– Das stimmt wohl.

– Na ja, ich muss dann mal wieder zurück.

– Sag schöne Grüße, sagte Lauge. – Ihr habt da drüben wohl auch nichts zu tun, oder?

Die Hinfahrt über war alles tot, und auf der Rückfahrt auch. Kurz bevor wir gegen Mitternacht den Hafen erreichten, drehte Elsebeth eine Runde und lud alle zu Frikadellen ein.

– Gerda hat auch noch Mehrkornbrot dabei, sagte sie und griff über die Theke nach einem korallenroten Lipgloss. Sie schraubte den Deckel ab und roch daran:

– Ahh, den würde ich sofort aufessen, wenn's meiner wäre.

Ihr Lächeln reichte fast von einem Ohr bis zum anderen, sie legte den Kopf in den Nacken und lachte:

– Mein letzter Lippenstift hat gerade mal zwei Wochen gehalten.

– Wirklich?, flüsterte Stephanie Christensen. – Du solltest vorher ein bisschen Puder auf die Lippen auftragen.

– Puder? Ich hasse Puder. Ist der von Elizabeth Arden, den du da drauf hast? Welche Nummer?

– Vierundzwanzig.

Stephanie Christensen fing an, in den Kosmetikproben zu kramen, aber Elsebeth bewegte sich schon rückwärts auf die Ladentür zu, sie drehte sich eilig um:

– Wir sehen uns dann im Hafen. Ich gehe nur noch schnell Butter holen.

– Ist gut.

An dem Tisch im Personalraum konnten vierzehn Leute sitzen, heute Nacht blieben also einige Plätze frei, denn bei der Nachtschicht waren wir in den Duty-free-Shops insgesamt nur zu acht. Lauge und Tim holten sofort die Spielkarten heraus, worauf Elsebeth sich beschwerte:

– Ach, kommt schon, ich dachte, wir wollten uns amüsieren.

– Genau das tun wir doch, sagte Lauge.

– Hast du ein Glück mit deiner Mutter, sagte Palle und nahm einen großen Bissen von seiner Frikadelle.

– Ja, nicht wahr?, sagte Elsebeth. – Sie kann auch eine Ente so braten, dass die Haut überall gleichmäßig knusprig wird.

– Auch am Rücken?, fragte Gerda.

– Auch am Rücken. Wer will eingelegte Rote Bete?

– Wie geht es eigentlich Ellis? Kommt sie soweit klar?

– Der geht's super, sie häkelt für die ganze Familie, sagte Palle, schon halb fertig mit Frikadelle Nummer zwei.

Ich saß neben Lauge und Tim gegenüber. Jedes Mal, wenn er einen Stich machte, riss er einen Arm in die Höhe und schlenkerte mit den Beinen, wobei er mir unter dem Tisch gegen das Schienbein trat.

– Aua, sagte ich irgendwann.

– Dich trete ich da ständig? Tut mir leid, sagte

Tim, aber beim nächsten Mal trat er mich schon wieder. Er lächelte:

– Willst du mitmachen? Wir könnten zu dritt Whist spielen.

– Ich kann nicht Karten spielen.

– Du kannst es doch lernen. Darf ich mir noch eine nehmen?

– Klar darfst du, sagte Elsebeth und reichte ihm die Tupperschüssel.

– Nein, so was kapiere ich nie, sagte ich.

– Du hast es doch noch gar nicht probiert. Komm her und setz dich auf meinen Schoß.

– Jetzt aber, Tim, sagte Benny.

– Du gehst ja ran, sagte Palle, und Stephanie Christensen schüttelte unendlich langsam ihren kleinen Kopf mit den hochstehenden Haaren:

– Also, sagte sie.

– Wer im Glashaus sitzt, sagte Tim.

– Einen Scheiß im Glashaus, sagte Palle mit vollem Mund.

In der Nachtschicht fuhr man insgesamt drei Mal von Dänemark nach Deutschland und zurück. Die zäheste Überfahrt war die vorletzte in Richtung

Deutschland so gegen vier Uhr. Wir hatten nichts zu tun, und die Augenlider fühlten sich langsam bleischwer an. Ich spürte die Müdigkeit auch in den Beinen. Ich zog meine Schuhe aus und stand nur auf Strümpfen da. Stephanie Christensen hatte sich hinter der Theke auf dem Fußboden ausgestreckt. Eigentlich war ich an der Reihe, mich auszuruhen, aber ich hatte keine Lust. Vielmehr hatte ich Angst, es würde dann allzu schwer werden, wieder aufzuwachen, und auf der letzten Fahrt morgens von Deutschland nach Hause war oft viel zu tun.

Ich hielt mich mühsam hinter meiner Kasse aufrecht. Gerda kam vorbei, um ein Tosca für ihre Schwester zu kaufen. Ich polierte die Theke mit einem Lappen und sortierte das Tablett mit den Kosmetikproben. Schließlich schneiten Tim und Lauge mit ein paar Dosen Cola herein:

– Kannst du dich noch wachhalten? Wir wollen kurz rauf an die Luft, kommst du mit?

Lauge machte eine Kopfbewegung in Richtung Deck, aber ich zeigte nur auf Stephanie Christensens Kasse.

– Lass sie doch einfach schlafen. Es kommt sowieso niemand, ist alles tot.

Ich nickte und schlüpfte in meine Schuhe. Sie warteten am Aufgang auf mich, und ich ging hinter ihnen die Treppe hinauf, unsere Schritte dröhnten auf den Gitterstufen.

Keiner von uns hatte eine Jacke an. Wir standen an der Reling und blickten hinunter in all das Schwarze. Obwohl die Luft mild war, wurde mir schnell sehr kalt.

– Irgendwann Ende März können wir um die Zeit die Sonne aufgehen sehen, sagte Lauge.

– Das wird schön, sagte Tim.

– Licht übers Land, sagte ich.

– Ziehst du nach den Sommerferien auch nach Kopenhagen?, fragte Lauge.

– Nein, nein. Ihr etwa?

– Er schon, sagte Tim. – Da wird er dann Wirtschaftsprüfer.

– Quatsch, werde ich nicht.

– Und was ist mit dir?, fragte ich Tim.

– Mit mir? Ich hab keine Ahnung. Aber du frierst ja.

– Ein bisschen. Ich gehe wohl besser wieder runter.

– Wir gehen mit. Komm her und lass dich wärmen, sagte Lauge, aber es war Tim, der für einen Augenblick seinen Arm um meine Schulter legte, als Lauge vor uns die Metalltreppe hinunter verschwand. Tim atmete direkt neben meinem Ohr, ehe er mich losließ.

14

Tine hatte mir oft erzählt, wie schön es sei, von der Nachtschicht nach Hause zu kommen, und jetzt verstand ich, was sie meinte. Die Sonne ging gerade auf, und ich saß in unserer Küche und aß Weißbrot mit Butter und Honig. Ditte lag auf dem Fußboden auf ihrer Decke und brabbelte vor sich hin. Ich freute mich darauf, in mein Bett zu kommen. Der heutige Tag war zum Ausruhen, und morgen würde ich freihaben. Es hatte etwas unglaublich Wohltuendes, sich die ganze Nacht hindurch wachgehalten zu haben. Tine hatte auch erzählt, dass viele auf der Fähre diesen Effekt bewusst nutzten. Wenn man einen kleinen Durchhänger hatte, konnte es durchaus helfen, um zusätzliche Nachtschichten zu bitten.

Ich holte das Telefonbuch und schlug ein paar Leute von der Fähre nach. Marie Svendsen wohnte in Errindlev, während Palle und Ellis offenbar das ganze Jahr über im Ferienhausgebiet gemeldet waren. Lauge wohnte noch immer zu Hause, und Tim konnte ich nicht finden, ich wusste auch nicht, wie er mit Nachnamen hieß. Laila vom Minishop war mit einem Mann namens Henry verheiratet, vielleicht Frau Lunds Bruder, aber da war ich mir nicht sicher. Ich selbst war nirgendwo verzeichnet, ich würde erst in der nächsten Ausgabe auftauchen. Tine kam im Morgenmantel aus dem Schlafzimmer und sah mir über die Schulter:

– Nach wem suchst du denn? Hast du etwa einen Mann kennengelernt?

– Wie können Palle und Ellis denn eine Adresse draußen beim Ostseebad haben?

– Haben sie? Ich dachte, sie wohnen im Lindsvej.

– Dachte ich auch. Na ja.

Ich stand auf und fegte die Weißbrotkrumen vom Tisch in meine Hand.

– Einfach auf den Boden damit, sagte Tine.

– Wir müssen sowieso staubsaugen. Aber nun sag schon, wen hast du kennengelernt? Viggo vielleicht?

– Gar niemanden hab ich kennengelernt.

– Viggo wohnt in Tirsted. Er hat ein eigenes Haus.

– Tine, Viggo ist mir vollkommen egal.

– Und dann gibt's da noch Anders Carlsen. Seine Frau ist gerade gestorben.

– Jetzt hör doch mal auf.

– Und was ist mit Jens-Erik? Er hat Geld wie Heu.

– Ich gehe jetzt schlafen. Kann das mit dem Staubsaugen nicht bis morgen warten?

Tine nickte.

– Weißt du was, Jane, wir warten gleich bis nächste Woche. Bo kommt ja auch noch und bastelt am Schaukelstuhl rum, und das macht immer so einen Dreck.

– Heute?

– Erst um zwei, sagte Tine, ihre Stimme klang gespielt schuldbewusst:

– Er will doch so gerne. Er will auch mein Fahrrad reparieren, hat er gesagt.

– Ich leg mich hin.

– Schlaf gut.

Ich schlief wirklich gut. Ich wachte erst am Nachmittag wieder auf, die Wohnung war leer, und im Wohnzimmer stand der Schaukelstuhl verkehrt herum, noch immer mit nur einer Schiene. Der Fußboden war voller Sägemehl, und Tine hatte einen Zettel auf den Couchtisch gelegt: »Wir bringen Bo nach Hause und kaufen auf dem Rückweg noch ein.« Ich faltete den Zettel zusammen und brachte ihn in mein Zimmer. Ich hob alle Zettel auf, die mir jemand schrieb. Ich konnte sie nicht wegwerfen, vielleicht würde ich sie eines Tages noch einmal lesen wollen.

Es war fast drei Uhr. Wenn Tine Bo bis ganz nach Hause begleitete, würde sie sicher mit Frau Lund noch eine Tasse Kaffee trinken und sich dann erst mit Ditte auf den Rückweg machen. Ich hatte zwar keine Ahnung, wann sie die Wohnung verlassen hatten, aber ich beschloss, ihnen entgegenzugehen.

Das Wetter war noch immer ungewöhnlich mild für Februar. Vor mehreren Häusern guckten schon die Osterglocken aus der Erde, was mir früh vorkam. Ich dachte daran, dass ich mir von meinem ersten Lohn vielleicht ein Paar bestickte Stiefel kaufen würde. Tine wiederum war der Meinung, ich solle mir drei Meter Jersey und einen Stretchgürtel besorgen, dann würde sie mir einen Rock mit passendem Oberteil nähen. Wir hatten auch darüber gesprochen, unsere Plattensammlung zu erweitern, aber wenn man es sich recht überlegte, war es wohl doch schlauer, die Platten aus der Musikbibliothek zu überspielen. Es gab genug anderes, wofür wir unser Geld ausgeben konnten.

In der Hafenbäckerei kaufte ich zwei Stück Butterkuchen für uns, und dann setzte ich mich unten beim Hotel Vogelflug auf eine Bank und wartete. Von hier war es nicht mehr weit bis zum Kragesøvej, wo Frau Lund wohnte, aber ich konnte dort wohl kaum mit nur zwei Stück Kuchen auftauchen, das reichte ja nicht für alle. Ich blieb noch eine Weile sitzen und wartete. Schließlich ging ich zurück zu Tage Hansens Laden und kaufte eine Plastiktüte, in der ich die Bäckertüte verstecken konnte. Doch als ich den Kragesøvej erreicht hatte, fiel mir ein, dass Tine mich sicher nach dem Inhalt der Tüte fragen würde, vor allen anderen, ich war also genauso weit wie vorher. Anstatt in den Kragesøvej abzubiegen, ging ich geradeaus weiter, wobei ich hastig den Kuchen hinunterschlang. Ich knüllte die Bäckertüte zusammen, noch immer mit vollem Mund, und steckte die Plastiktüte in meine Hosentasche. Als ich mich gerade umdrehte und zurückgehen wollte, sah ich Tim, wie er ein Moped aus einer Einfahrt im Strandagervej schob. Er trug einen Motorradhelm, aber ich erkannte seine Jeans wieder. Ich tat so, als würde ich ihn nicht bemerken, während ich versuchte, schnell meinen Mund leer zu bekommen. Es gelang mir nicht so ganz, ich schluckte immer noch, als er den Helm abnahm und mich anlächelte:

– Oh, hallo Jane, was machst du denn hier?

– Ja, und du?

– Wohnst du hier?

– Du wohnst doch gar nicht hier.

Wir schwiegen beide, um dann gleichzeitig zu antworten:

– Nein, aber meine Tante wohnt hier.

– Ich hole nur meine Schwester ab.

Mein ganzer Mund fühlte sich klebrig an, ich fuhr mir mit der Zunge über die Zähne und lächelte:

– Hier? Dann ist Ester Hansen deine Tante?

– Ja. Wobei, sie ist gar nicht meine richtige Tante.

– Ach so.

Wir gingen nebeneinander auf dem Gehsteig. Irgendetwas an dem Moped klapperte, er klopfte auf den Sitz und lächelte erneut:

– Ich hab versprochen, das hier zu meinem Couseng in Hunseby zu bringen.

– Das ist aber eine ganz schöne Strecke.

– Halb so wild. Ich hab ja Rückenwind.

– Wie weit ist es denn?

– Neunzehneinhalb Kilometer. Was machst du denn morgen?

– Da habe ich doch frei.

– Ja, und was machst du dann?

– Nichts Besonderes, glaube ich.

– Ich hab eine Extraschicht übernommen. Sie meinen, es wird viel los sein.

– Ah, okay.

– Aber dann sehen wir uns nicht. Du hast ja frei.

– Ja, aber ich arbeite dafür Samstag und Sonntag am Vormittag.

– Dann sehen wir uns am Sonntag. Mach's gut.

– Du auch.

Er ließ das Moped an und stieg auf, und da war etwas an diesem Anblick, das mir nicht gefiel.

Ich konnte auch nicht aufhören, daran zu denken, dass er »Couseng« gesagt hatte. Als er den Hagesvej erreichte und davonfuhr, drehte er sich noch ein paar Mal um und winkte mir zu. Ich bog in den Kragesøvej ein und bemerkte, dass ich Puderzucker am Mund hatte. Ich wischte ihn weg.

Der Kinderwagen stand draußen vor dem Haus. Durch das Küchenfenster konnte ich Tine am Esstisch sitzen sehen, sie redete und gestikulierte. Dann bemerkte sie mich und riss die Arme in die Höhe, Frau Lund stand auf und kam mit einer hellblauen Serviette in der Hand zur Tür:

– Jane, Liebes, komm rein, es gibt Waffeln. Wir haben im Lotto gewonnen.

– Wirklich? Wie viel denn?

– Zweihundertachtundsiebzig. Zieh doch deinen Mantel aus.

– Heute ist Party bei den Reichen, rief Tine.

– Jetzt ist sogar ein Flug mit der Concorde drin, kam es von Bo.

– Ach, sie lassen mir einfach keine Ruhe. Komm, lass dich umarmen.

Frau Lund roch wie immer nach Kampfer, sie cremte sich jedes Mal nach dem Abspülen die Hände mit Camferine ein. Der Geruch erinnerte mich ein wenig an das Haarspray unserer Mutter. Frau Lunds Haare waren kurz und gelockt, sie ließ sie sich von einer Dame machen, die mit einem VW-Bus herumfuhr und ihren Kundinnen zu Hause Dauerwellen legte. Es kostete nur hundert Kronen. Die Locken kitzelten, ich küsste Frau Lund auf die Wange und betrat die Küche. Ditte stieß einen lauten Ton aus, als sie mich sah, und ich ging gleich zu ihr und nahm sie hoch. Die kleinen Hände griffen nach meinem Gesicht, und ich drückte Ditte ganz fest an mich.

– Lass ihr noch ein bisschen Luft, sagte Bo.

– Das ist ja toll mit dem Geld, sagte ich. Was sagt denn Herr Lund dazu?

– Er sitzt drüben, sagte Frau Lund und legte vier Waffeln auf einen Teller.

– Zucker oder Marmelade?

– Ich bin ganz schön satt. Ich glaube, ich kann gar nichts essen.

– Doch, natürlich kannst du.

– Ich geh kurz rüber.

Herr Lund hatte die Füße hochgelegt und eine Zeitung auf den Knien. Ditte lächelte, als sie ihn sah, und er schnalzte mit der Zunge.

– Komm her zu dem alten Mann, sagte er. – Sie sieht eurer Mutter so ähnlich.

– Ja, das tut sie. Und Tine auch.

– Das kommt doch aufs Gleiche raus.

– Wie man es nimmt.

– Geht es dir gut, Jane? Gefällt dir deine Arbeit?

– Und wie, Herr Lund. Und Glückwunsch zum Lottogewinn.

– Ja, danke. Aber geh doch zu den anderen rüber und iss eine Waffel.

– Danke.

Es war schon fast dunkel, als wir uns auf den Weg machten, und wir schafften es gerade noch, ein Netz Kartoffeln zu kaufen, bevor der Laden um fünf zumachte. Tine wollte Kartoffelpüree mit Fischstäbchen machen, das konnten wir alle drei essen. Wir beschlossen, am nächsten Tag auf den Friedhof zu gehen. Wir waren lange nicht mehr dort gewesen, und Tine hatte von Frau Lund einen Topf mit drei blauen Hyazinthen bekommen.

15

Während meiner Schicht am Sonntag sprach ich kein einziges Wort mit Tim. Es war überall viel los, die Kunden standen bis auf die Gänge hinaus Schlange. Ich suchte in der Schublade unter der Theke nach Talkumpuder, und als ich mich wieder aufrichtete, stand der Elektriker, den Tine Abel genannt hatte, vor mir. Wir erkannten einander sofort wieder.

– Ganz schön viel los heute, sagte er.

– Das kann man wohl sagen.

– Sehr stressig?

– Nein, nein, es geht schon. Was darf's denn sein?

Er legte einen Zettel auf die Theke, und ich suchte die Sachen zusammen. Visible Difference, White Linen und einen Eyeliner. Er bezahlte mit einem Scheck, und als ich seine Ausweisnummer auf der Rückseite des Schecks notierte, sah ich auf dem Ausweis auch seinen richtigen Namen. Er hieß Aksel Hansen.

– Vielen Dank. Da wird sich aber jemand freuen, sagte er und nahm die Tüte entgegen.

– Wie schön.

– Ja, die Frau meines Bruders, sie ist Großverbraucherin. Ich kaufe immer für sie ein.

– Ah, so ist das.

– Ja. Na, dann noch einen guten Arbeitstag.

– Danke.

Am Nachmittag erwähnte ich ihn Tine gegenüber.

– Der Elektriker, also der, den ihr Abel nennt, er heißt in Wirklichkeit Aksel Hansen.

– Das ist ja wirklich ein blöder Name.

– Und alles, was er kauft, ist für die Frau seines Bruders. Nicht für seine eigene.

– Das kann man ja gar nicht aussprechen, Aksel Hansen. Da sind viel zu viele S drin.

– Sind doch nur zwei.

– Ja, aber an den verkehrten Stellen. Du hast da was im Auge.

– Wo denn?

– Im linken. Da.

– Hier?

– Genau da.

Sie beugte sich zu mir herüber und wischte vorsichtig über meinen Augenwinkel.

– So, futsch und weg.

– Danke.

– Willst du dir nicht bald mal die Augenbrauen zupfen?

– Ja, schon.

– Ach, aber heute haben wir zu gar nichts Lust, nicht wahr, Jane? So eine lange Woche.

Ich ging in mein Zimmer und setzte mich auf die Fensterbank. Von hier aus konnte ich die Kirche sehen und einen Teil der Hafenschule und die Pappeln dahinter. Bei Seewind hörte man unter der Woche auch hier oben noch die Schulglocke läuten. Dieses Läuten hatte etwas Ohnmächtiges. So als hätte die Glocke schon von vornherein aufgegeben. Ich konnte mich nicht daran erinnern, dass sie so geklungen hatte, als ich noch zur Schule ging. Damals besaß der Ort eine ganz andere Kraft, aber vielleicht war das auch nur mein Gefühl damals. Tine kaufte sich in der neunten Klasse ein Paar Ohrstöpsel und trug sie unter ihren langen Haaren. Sie habe es satt, sich das ewige Geschwafel anzuhören, sagte sie. In ihre eigenen Gedanken versunken saß sie die Unterrichtsstunden ab, und wenn die Lehrer sie nach irgendetwas vollkommen Abgelegenem fragten, ließ sie ihre Augen funkeln und lächelte. Eine ganze Zeit lang zeichnete sie Muscheln in all ihre Hefte. Wenn sie an die Tafel gerufen wurde, um etwas vorzurechnen oder eine chemische Formel anzuschreiben, blieb Tine einfach sitzen. Sie lächelte und schüttelte den Kopf, und dabei blieb es dann. Doch irgendwann im Frühling kam ein Aushilfslehrer, der direkt vor ihrem Tisch in die Hocke ging. Er sah ihr in die Augen.

– Tine, kannst du hören, was ich sage?, flüsterte er.

– Ja, flüsterte sie zurück und beugte sich zu ihm vor.

– Und was sage ich jetzt? Examen.

– Gesichter, flüsterte Tine.

In der Pause wurde sie zur Schulkrankenschwester gerufen und musste einen Hörtest machen. Alles war, wie es sein sollte, aber Tine verliebte sich heftig in den Aushilfslehrer und fing an, in alle Muscheln seinen Namen zu schreiben. Er hieß Lasse. Zwei Wochen später hörte er an unserer Schule auf und ging nach Lappland, um Sami zu unterrichten. Tine litt ganz furchtbar, als er verschwand. Sie lag im Bett, mit einem Eimer neben sich und einem schrecklichen Ausdruck im Gesicht. An zwei aufeinanderfolgenden Tagen brachte ich ihr morgens das Frühstück, aber beide Male schob sie das Tablett mit dem Essen beiseite und griff stattdessen nach meiner Hand. Sie legte sie auf ihre Stirn, die kalt und feucht war. Ich überlegte die ganze Zeit, wann ich meine Hand wohl wieder wegziehen könnte, ohne sie allzu sehr zu verletzen. Am dritten Tag saß sie aufrecht im Bett, als ich hereinkam, und sah aus wie immer.

– Guten Morgen, Jane, sagte sie. – Ich bleibe wohl noch einen Tag zu Hause.

– Darfst du das denn?

– Von wem aus? Unserer Mutter? Nein, natürlich darf ich nicht. Gib mir doch bitte mal den Kuli.

Sie ballte ihre linke Hand zu einer Faust und schrieb ein paar Zahlen auf den Handrücken. Entspannte die Hand wieder und beugte und streckte ein paar Mal die Finger.

– Was ist das?, fragte ich.

– Eine Telefonnummer. Von einem Typen aus Maribo.

– Wann hast du den denn kennengelernt?

– Letztens vor der Sporthalle. Er hat ein Auto.

– Ein eigenes?

– Nein, von seinem Vater. Ich wünsch dir noch einen schönen Tag.

Sie griff nach ihrer Tasche, die auf dem Boden stand, und kramte darin herum, und ich zog die Tür hinter mir zu und ging zur Schule. Als ich am frühen Nachmittag wiederkam, lag sie in Jeans und Bikinioberteil auf einer wattierten Decke draußen auf der Terrasse und sonnte sich.

– Du spinnst ja. Dafür ist es doch noch viel zu früh.

– Dieses Jahr will ich braun werden.

– Der Boden ist viel zu kalt, du wirst sicher krank.

– Ich bleibe nur zehn Minuten liegen. Man soll es nach und nach steigern.

Sie schloss die Augen. Ihre Haare waren nach hinten gekämmt, die Sonne schien direkt auf das bleiche Gesicht. Die Arme lagen neben dem Körper. Ich blieb stehen und starrte die sechs Zahlen auf ihrer Hand an und wiederholte sie in Gedanken, bis ich sie auswendig konnte. Dann ging ich ins

Haus und notierte mir die Nummer, nahm das Telefonbuch mit in mein Zimmer und schlug unter Maribo auf. Nach sechs Seiten gab ich auf, es würde ewig dauern, die Nummer zu finden. Ich klappte das Telefonbuch wieder zu. Aber als ich mit dem Buch im Schoß dasaß, sah ich die Nummer von Tines Hand in einer der Anzeigen auf der Rückseite. Sie gehörte zu einer Firma für Kanal- und Rohrreinigung im Refshalevej. Ich ging still und leise ins Wohnzimmer, wo Tine in eine Decke gehüllt auf dem Sofa lag.

– Die Telefonnummer da auf deiner Hand ist von einer Rohrreinigungsfirma, sagte ich.

Tine schlug die Augen auf:

– Wirklich? Ach, na ja. Dann hab ich sie mir wohl doch falsch gemerkt. Scheiß drauf. Machst du uns Arme Ritter?

– Klar, gerne.

Die Pappeln hinter der Hafenschule wirkten ungewöhnlich groß. Tine und ich waren beide der Meinung, dass es sich um eine optische Täuschung handeln musste. Alle Äste und Zweige zeigten steil nach oben, es erinnerte an die Bilder in einem Buch mit Illusionsmalerei. Ich hüpfte von der Fensterbank und ging zur ihr ins Wohnzimmer:

– Wenn du die freie Wahl hättest, wo würdest du dann wohnen wollen?, fragte ich.

– Hier natürlich.

– Im Königskarree?

– Ja, oder irgendwo anders hier in der Gegend.

– Ja, aber wo?

– Ganz egal. Oder nein, vielleicht in Laredo. Oder noch besser im Rosenpark, in einer Sechszimmerwohnung.

– Gibt's da so große Wohnungen?

– Ich glaube schon. Warum fragst du?

– Du hast doch mal davon geredet, von hier wegzuziehen.

– Hab ich das? Wo sollte ich denn hinwollen?

Ich zuckte mit den Schultern:

– Hauptsache weit weg eben.

– Nach Næstved, meinst du wohl.

– Haha.

– Weißt du was, Jane, im Grunde wohn ich wohl doch ganz gerne hier. Ich langweile mich nur manchmal.

– Genau das meine ich.

– Langweilst du dich nie?
– Nö. Eigentlich nicht.
– Du arbeitest ja auch.
– Das tust du auch bald wieder.

Von Dittes Kinderwagen, der draußen neben dem Fahrradschuppen stand, drang leises Weinen zu uns herauf. Ich schlüpfte in Tines Gummistiefel und ging nach unten. Sobald Ditte mich sah, hörte sie auf zu weinen. Ich löste den Gurt und nahm sie hoch, während ich den Kinderwagen mit der freien Hand in den Schuppen schob. Ditte roch warm und sauber. Ich kann mich erinnern, dass ich in dem Augenblick dachte: Es spricht doch überhaupt nichts dagegen, hier zu bleiben.

Die Sonne schien auf die grauen Betonblocks. Mit Ditte auf dem Arm ging ich zu Martins Hauseingang hinüber. Er wohnte auf der linken Seite im Erdgeschoss. Ich wollte ihn zu der Tasse Kaffee einladen, aber als ich klingelte, machte niemand auf. Vor der Tür standen ein Paar ausgetretene Turnschuhe und eine Kiste mit leeren Gläsern. Ditte saugte an ihrer kleinen Faust. Sie hatte Hunger. Als wir wieder ins Freie traten, winkte Tine uns vom Fenster oben zu.

16

In den anderthalb Jahren, in denen ich in Næstved auf der Schule war, wohnte ich in einem Wohnheim am Hafen. Unter der Woche aß ich eine Menge Nudeln, samstags holte ich mir Pommes frites von einem Imbiss am Bahnhof. Beim Essen hörte ich Radio. Jedes Geräusch aus den Nachbarzimmern ließ mich zusammenfahren. Außer mir wohnten dort unter anderem ein Pärchen und ein älterer Mann und eine junge Frau aus Præstø, die ihre Blusen von Hand im Küchenwaschbecken wusch. Sie schrubbte und scheuerte mit einer Holzbürste, es sah sehr effektiv aus. Einmal machte sie sich danach eine Kaltschale, das Rezept konnte sie auswendig. Bis in den Oktober hinein lernte sie, wenn das Wetter es zuließ, draußen auf dem Balkon, sie machte Physiotherapie. Sie hatte ein eigenes Telefon auf dem Zimmer, ich hörte sie auf der anderen Seite der Wand sprechen und schweigen und kommentieren. Mit der größten

Selbstverständlichkeit gebrauchte sie Ausdrücke wie »bis zur Bewusstlosigkeit«.

Im Dezember war sie auf Studienfahrt, und da fing ich an, mich in den Gemeinschaftsräumen mit ihren Bewegungen zu bewegen. Ich lächelte ihr Lächeln. Ich weichte sogar in der Küche ein paar Socken in einer Wanne mit Wasser ein. Doch dann fiel mir ein, dass sich die anderen Bewohner womöglich an meinen Socken stören könnten. Ich trug also die Wanne in mein Zimmer und stellte sie unter den Schreibtisch. Ich wusste nicht, wie lange man Wäsche normalerweise einweichte, und nach ein paar Tagen hatte ich die Wanne vollkommen vergessen, bis ich zufällig hineintrat. Da waren die Socken schon seltsam glitschig.

Die glitschigen Socken ließen mich am ganzen Leib zittern. Ich legte mich ins Bett, aber das Zittern hörte gar nicht mehr auf. Ich konnte nicht herausfinden, ob ich es nicht vielleicht sogar selbst hervorrief. Das Bett knarrte. Ich stand auf, zog meinen Mantel an, fuhr mit dem Rad die Hauptstraße hinunter zur Telefonzelle und rief Tine an.

– Hi Tine. Geht es dir gut?

– Stimmt was nicht mit dir? Du klingst ganz merkwürdig.

– Ich zittere irgendwie so komisch.

– Dann dreh die Heizung hoch.

– Hab ich schon gemacht. Das ist es nicht. Geht es Ditte gut?

– Sehr gut. Sie hat mir gerade auf den Kopf gekackt.

– Wie denn das?

Tine lachte:

– Ich hab mich vor dem Wickeltisch gebückt. Sollte man wohl nicht machen.

– Ihr fehlt mir.

– Kommst du voran?

– Nö. Ich mache rein gar nichts mehr. Ich glaub, ich breche ab.

– Und was dann?

– Nichts. Kann ich für eine Weile bei euch wohnen?

– Klar kannst du das. Ich finde nur, du solltest es dir gut überlegen.

– Ich tue nichts anderes.

– Schon klar, aber schlaf noch mal drüber. Vielleicht sieht morgen alles schon wieder ein bisschen freundlicher aus.

Ich schob mein Fahrrad durch die Straßen. Die

Girlanden aus Tannenzweigen schaukelten im Wind. Ich hatte mich schon entschieden, da gab es nichts mehr zu überlegen. Zurück in meinem Wohnheimzimmer wrang ich die Socken aus und warf sie weg. Ich legte mich aufs Bett und probierte, ob ich das unheimliche Zittern wieder heraufbeschwören konnte, und das konnte ich. Ich konnte es auch wieder aufhören lassen. Dann war es also nicht wirklich ernst. Die Erleichterung war enorm.

17

An Tines erstem Arbeitstag nach dem Erziehungsurlaub hatten wir gemeinsam Frühdienst. Wir mussten um fünf Uhr aufstehen, um Ditte rechtzeitig um Viertel nach sechs bei Frau Lund abzuliefern. Herr Lund nahm uns dann im Auto mit und setzte uns bei der Fähre ab. Noch bevor wir an Bord waren, fühlte ich mich völlig erschöpft. Tine ging es da ganz anders. Mit geradem Rücken und raschen Schritten lief sie am Anleger die Treppen hinauf und hinunter zur Fähre. Ihre Haare hatte sie hochgesteckt, hinter ihr hing ein Hauch von Opium in der Luft. Ich eilte ihr nach. Den Matrosen an der Gangway schenkte sie ein strahlendes Lächeln:

– Guten Morgen miteinander. Hi Jimmy.

– Guten Morgen, Tine. Ist lange her.

– Willkommen zurück.

– Schön dich zu sehen, Tine.

Sie wollte eine schnelle Runde drehen, um noch ein paar andere zu begrüßen, und ich ging schon vor zur Parfümerie. Stephanie Christensen war bereits da und sortierte ihre Kasse. Ihre Lippen bewegten sich, während sie das Wechselgeld zählte. Es ging sehr langsam voran. Als die letzte Münze gezählt war, schloss sie die Lade mit einem leisen Pling und begrüßte mich:

– Hallo.

– Hallo.

– Na?

– Ja.

– Und schon wieder ist Montag.

– Ja, Montag.

Die Tür wurde aufgerissen, und Tine kam herein. Sie lächelte mich an und wandte sich dann Stephanie Christensen zu:

– Hallihallo, altes Haus.

Stephanie Christensen sagte etwas, das wie »hms« klang. Dann ging sie auf Tine zu und streckte ihr die Hand entgegen, aber Tine trat ganz nah an sie heran und legte ihr beide Arme auf die Schultern:

– Wie geht es denn deinen Mädels, Stephanie? Sind bestimmt groß geworden in der Zwischenzeit. Meine fängt sicher bald an zu krabbeln.

– Glückwunsch, Tine.

– Und wie gut du aussiehst. Lässt du dir immer noch bei Jacobsen die Haare schneiden?

– Ja.

– Es ist so schön, wieder hier zu sein. Ich hab mich so drauf gefreut.

Stephanie Christensen nickte unaufhörlich, so dass ich mir beinahe schon Sorgen machte, aber sobald Tine ihre Arme wegnahm und ein wenig zurücktrat, hörte die Nickerei auf. Das entging auch Tine nicht, sie konnte es nicht lassen, noch einmal ganz nah heranzutreten:

– Aber es geht dir doch gut, oder?

Der Kopf bewegte sich erneut auf und ab, bis Tine sich wieder zurückzog. Sie lächelte, machte eine ausladende Bewegung mit den Armen und fing an, ihr Wechselgeld nachzuzählen.

Schon während der ersten Überfahrt fragten zwei Kunden, ob wir Schwestern seien. Einige andere sahen uns neugierig an, von der einen zur anderen. Tine war ganz in ihrem Element. Sie beriet und erklärte, eine lange Reihe von Tuben und Flakons vor sich auf der Theke. Sie schien während ihrer Abwesenheit nicht das Geringste vergessen zu haben. Irgendwann streckten Majbritt und Anja aus dem Supermarkt ihre Köpfe herein:

– Willkommen zurück, Tine. Kommst du in der Pause rüber?

– Wahnsinn, du hast ja jetzt ganz lange Haare.

– Jane und ich kommen nachher rüber, sagte Tine über den Kopf einer älteren, sehr dünnen Kundin hinweg, und an die Kundin gewandt:

– Entschuldigen Sie bitte. Heute ist mein erster Arbeitstag seit langem.

– Das macht doch nichts. Ich muss sowieso noch überlegen.

– Bitte, lassen Sie sich Zeit.

Als die Fähre im Hafen war, begleitete ich Tine zum Supermarkt. Die Kassiererinnen saßen schon aufgereiht auf dem langen Packtisch, Strickzeug oder Kaffeebecher in den Händen. Tine holte eine Zigarette hervor und zündete sie an, sie blieb vor dem Packtisch stehen.

Ich ging durch eine der Kassen in den Supermarkt hinein. Lauge stand beim Rotwein, Tim war gerade dabei, das Schokoladenregal aufzufüllen. Er machte eine Kopfbewegung in Richtung Boden, als er mich sah:

– Nimm dir einfach eine.

Dort standen beschädigte Kartons voller Schokoladentafeln. Ich nahm eine heraus und hielt sie fest an mich gedrückt.

– Meine Schwester hat heute wieder angefangen, sagte ich.

– Ah.

– Sie steht da vorn bei den anderen.

Er lehnte seinen Oberkörper weit zurück und warf, an einem Regal mit Zigaretten vorbei, einen raschen Blick nach draußen:

– Ihr seht euch gar nicht ähnlich.

– Doch, klar tun wir das.

– Findest du? Du bist doch viel hübscher.

– Hey, so was darfst du nicht sagen. Sie ist meine Schwester.

– Hm.

Er bückte sich nach einer Schachtel, und als er sich wieder aufrichtete, berührte er mich an der Hüfte. Ich war ein wenig wackelig auf den Beinen. Sein Gesicht war ganz dicht vor meinem, und ich fuhr ihm mit der Hand durch die

Haare, mit einer Attitüde, die so gar nicht zu mir passte:

– Willst du die nicht bald mal schneiden lassen?

– Kannst du so was?

– Nö.

– Schade. Von dir würd ich mir gern die Haare schneiden lassen.

Es klirrte drüben beim Weinregal. Lauge schimpfte und fluchte, dann kam ein bleiches Gesicht zum Vorschein:

– Verdammte Scheiße.

– Er hat Doppelschicht. Hat schon die ganze Nacht gearbeitet, sagte Tim.

– Der Arme.

– Vorhin hat ihn so ein Schrank gefragt, wann wir denn im Hafen sind. Und Lauge antwortet: Wir sind in einer halben Stunde in Dänemark. Und der Schrank wieder: Du Idiot, wir fahren gerade Richtung Deutschland.

– Sei du bloß still, sagte Lauge hinter dem Regal.

Wir lachten und lachten, auch Lauge. Er kam zu uns herüber und nahm eine Schokoladentafel aus dem Karton auf dem Boden, aß sie mit ein paar großen Bissen auf und wischte sich die Hände an der Hose ab, und ich drehte mich um und ging in Richtung Kasse:

– Na dann, bis bald.

– Ja, bis bald, Jane. Wie kommst du denn heute nach Hause, willst du mitfahren?

– Bist du mit dem Auto da?

– Nein, aber Lauge.

– Nein danke. Ich geh zusammen mit meiner Schwester, wir müssen ihre Tochter abholen.

– Dann vielleicht ein andermal.

Auf der Rückfahrt und auch auf den folgenden zwei Überfahrten war mächtig viel los. Wir hatten kaum Zeit, Pause zu machen, weil wir sämtliche Regale auffüllen und neue Ware bestellen mussten. Die drei braunen Geldtüten waren gut gefüllt, als wir abschlossen und zur Bank gingen und dann weiter von Bord. Vor dem Zoll überholten uns Tim und Lauge, mit den weißen Turnschuhen sahen Lauges Beine lang und seltsam schlaksig aus. Bevor sie in Richtung Wartehalle abbogen, lächelte Tim mich über die Schulter hinweg an.

– Jetzt will Lauge sicher nur noch nach Hause und schlafen, sagte Tine zu Stephanie Christensen, und zu mir, mit gesenkter Stimme direkt in mein Ohr:

– Ah, der andere ist es also, an den du die ganze Zeit denkst.

– Ich bin auch ganz schön müde, sagte ich.

Das war Tine nicht. Sie ging den ganzen Weg bis zum Kragesøvej in raschem Tempo. Sie sagte nicht viel, aber ich spürte, dass sie glücklich war. Ihre Schritte waren klein und leicht. Sie konnte gar nicht aufhören zu lächeln, als sie mit Ditte auf dem Schoß in Frau Lunds Küche saß.

– Wann soll ich mir denn den Schaukelstuhl wieder anschauen, Tine?, fragte Bo aus seiner Ecke.

– Wann immer du willst, Bo, sagte Tine und lächelte.

– Dann wüade ich vielleicht gleich mit euch mitgehen.

– Kannst du gerne machen. Du kannst auch zum Abendessen bleiben.

Als wir im Flur standen und gerade gehen wollten, trat Frau Lund dicht an Tine heran:

– Das ist lieb von dir, Tine.

– Ist doch selbstverständlich, Frau Lund.

Das Licht war greller geworden, jetzt im März. Die Sonne blitzte in den Seitenspiegeln der geparkten Autos auf und auch in der Lenkstange des Kinderwagens. Der knirschte und quietschte, und Bo sagte, er würde ihn am nächsten Tag ölen. Tine blieb stehen, pflückte einen Winterling und hielt ihn Ditte hin, die sofort die Hände danach ausstreckte.

– Bist du bescheuert, Mann?, sagte Bo und riss Ditte die Blume weg:

– Die ist giftig. Kann ein ganzes Pferd töten.

– Oh, stimmt das?, fragte Tine.

– Das ist doch Quatsch, sagte ich.

– Wie dumm von mir. Danke Bo, sagte Tine und lächelte ihn an, und wir gingen weiter, eine ganze Weile sagte keiner ein Wort.

18

Bo Lund hatte in jungen Jahren einige unschöne Überraschungen erlebt. Als er zwölf war, öffnete er ein Garagentor und sah die Nachbarstochter an einem Seil baumeln. Frau Lund hatte ihn gebeten, hinüberzugehen und ein paar Kartoffeln zu borgen. Die Nachbarsfrau stand in der Küche und machte Fleischklößchen in Currysoße. Sie lächelte und meinte, er dürfe so viele nehmen, wie er wolle, sie lägen in einer Kiste in der Garage. Bo nahm vier Kartoffeln, ohne den Blick von dem baumelnden Körper abzuwenden. Er lief nach Hause zu Frau Lund und warf die Kartoffeln ins Spülbecken.

Im Jahr darauf war er gerade bei Bekannten zu Besuch, als ein VW Käfer in deren Haus raste.

Seitdem war er ein wenig zartbesaitet, und man hatte ihm versprochen, er könne so lange zu Hause wohnen bleiben, wie er wolle. So etwas müsse man seinen Kindern versprechen, sagte Frau Lund. »Zu Hause« war auch immer derselbe Ort gewesen. Im Ehebett im Kragesøvej war er zur Welt gekommen, am Weihnachtsabend. Währenddessen wurde der Entenbraten im Ofen ganz trocken. Eine halbe Ewigkeit war Herr Lund draußen und schaufelte Schnee. Die Stiefel der Hebamme standen unter dem Vordach. Um Viertel nach fünf ertönte im Haus Babygeschrei, Herr Lund stürmte hinein, und da saß Frau Lund mit dem Jungen im Arm. Ein paar Stunden später aßen sie gemeinsam den Entenbraten, er hatte jetzt die Größe einer Taube, und es gab weder Soße noch karamellisierte Kartoffeln dazu, aber nie hatte etwas so gut geschmeckt. Die Hebamme hatte versucht, Frau Lund zu überreden, zur Sicherheit ins Krankenhaus zu gehen. Doch das kam nicht in Frage. Frau Lund wollte bleiben, wo sie war. Und auch Bo blieb, wo er war, selbst dreißig Jahre später noch.

Jetzt hobelte er in unserem Wohnzimmer an einem Brett. Ich lag auf dem Sofa unserer Mutter und sah ihm dabei zu. Der Schaukelstuhl stand auf dem Kopf, Späne flogen herum. Tine summte drüben im Badezimmer, sie probierte gerade eine neue Gesichtsmaske aus.

– Wozu ist denn das Brett da?, fragte ich.

– Das soll für Stabilität sorgen. Als eine Art Querstütze, da unten. Du musst dir vorstellen, es wiad genau da eingespannt, sagte Bo und zeigte auf die Stelle.

– Aha.

– Genau.

Die Hobelei ging weiter. Ich fragte mich, ob am Ende von dem Brett überhaupt noch etwas übrig sein würde. Aber dann hörte er auf, wischte sich über die Stirn und setzte das Brett vorsichtig dort ein, wo es offenbar sitzen sollte. Es passte perfekt.

– Nein, so geht es wohl doch nicht, sagte er.

– Sieht doch gut aus.

– Das ist alles andere als gut. Dann also auf ein Neues, wie man so sagt.

– Bist du denn jetzt nicht fertig?

– Noch lange nicht.

Tine kam herein und fragte, was wir zum Abendessen haben wollten, Würstchen oder Weißbrot.

– Was gibt's denn zu den Würstchen?, fragte Bo.

– Weißbrot.

– Na ja, ich muss sowieso nach Hause, sagte Bo und lachte.

Er hatte den Schaukelstuhl Schaukelstuhl sein lassen und sich neben mich aufs Sofa gesetzt. Ditte war auf meinem Schoß eingeschlafen, über ihrer Brust hob und senkte sich die Decke.

– Hier sitzen wir also, eine friedliche kleine Versammlung, sagte Bo.

Als Tine gerade den Topf mit den Würstchen auf den Couchtisch gestellt hatte, klingelte es. Ich ging zur Wohnungstür und machte auf, und da standen Lauge und Tim, beide in Daunenjacken, jeder mit einer Tüte Saft in der Hand. Lauge lachte über das ganze Gesicht:

– Hi. Sorry, dass wir einfach so hier auftauchen.

– Ihr hier? Wo kommt ihr denn her?

– Wir sind ein bisschen rumgelaufen, die Lage sondieren, und da habe ich Tim erzählt, dass ihr hier wohnt.

– Wir waren gerade in der Gegend, sagte Tim.

– Ja hallo, bist du schon wieder wach, Lauge?,

fragte Tine hinter meinem Rücken, und hinter ihrem Rücken grüßte Bo:

– Tag auch.

– Kommt doch rein, es gibt Würstchen, sagte ich. – Wir wollten gerade essen.

– Nein danke. Wir haben schon gegessen.

– Na, dann kriegt ihr eben ein Glas Wasser und einen Platz im Warmen, sagte Tine, und ich trat einen Schritt zurück, damit sie an unserem Mistschrank vorbeikamen. Tim sah mich an. Da war etwas Verlegenes in seinem Blick. Ich drehte mich um, und er und Lauge folgten mir ins Wohnzimmer, aber als ich mich aufs Sofa setzte, blieben sie stehen.

– Setzt euch doch hin, sagte Tine und stellte Ketchup und Senf auf den Couchtisch.

– Und du nimm dir einfach, Bo.

– Danke, mach ich.

Bo bastelte sich mit größter Sorgfalt einen Hotdog zusammen.

– Wir wollten nur sehen, wie ihr so wohnt, sagte Lauge.

– Der Saft ist für euch, sagte Tim, und dann lachten wir alle.

– Tja, hier wohnen wir also.

Tine streute Röstzwiebeln auf ihren Teller und legte zwei Würstchen daneben. Sie wollte mir auch eines auftun, aber ich schüttelte den Kopf, ich wollte noch ein wenig warten. Sie legte das Würstchen zurück in den Topf.

– Seine Süße zieht bald ins Haus nebenan, sagte Lauge.

– In die Nummer zweiundvierzig?, fragte Bo, und Tim nickte kurz:

– Ja, im zweiten Stock.

– Und kennen wir sie, Tim, also deine Süße?, fragte Tine.

– Sie ist Bjarkes Halbschwester, sagte Lauge.

– Birgitte? Ist die nicht in Amerika?

– Sie kommt ein bisschen früher zurück, sagte Tim.

– Wie lange seid ihr denn schon zusammen?

– Ein paar Jahre. Aber es hat immer ganz schön viel Hin und Her gegeben.

– Ja, du warst ja auch auf der Oslo-Fähre, sagte ich, und er nickte, ohne mich anzusehen.

Sie hätten gar nicht vorgehabt, so lange zu bleiben, sagten sie. Lauge saß die ganze Zeit nur da und gähnte. Er fragte, ob Tim nicht noch den Rest der Wohnung sehen wolle, bevor sie gingen. Unsere war spiegelverkehrt zu der, die Birgitte beziehen würde. Ich zeigte ihm die Küche und das Bad und das Schlafzimmer. Zuletzt standen wir in der Tür zu meinem Zimmer und blickten auf all die Haufen und Stapel dort drinnen. Es war ziemlich düster, ich hatte bislang nur die gelbe Lampe aufgehängt. Außerdem war mein Bett nicht gemacht, die Decke lag halb auf dem Fußboden. Dafür war das Fenster gekippt, und kühle Luft erfüllte den Raum.

– Hat eine gute Größe, sagte Tim.

– Ja. Es ist schon ganz gut.

Meine Arme hingen schlaff herunter. Ich wollte nur zurück ins Wohnzimmer. Wir standen ganz dicht beieinander, ich konnte riechen, dass seine Haare frisch gewaschen waren. Wir betraten das Zimmer nicht, irgendetwas hielt uns zurück.

– Hast du es immer so kalt zum Schlafen?, fragte er.

– Nö. Ich hab nur vergessen, das Fenster zuzumachen.

– Ach so. Deshalb. Dann bin ich ja beruhigt, sagte er und lächelte, und ich lächelte zurück und zog dabei eine Augenbraue in die Höhe, auf so eine kecke Art, die ich sonst eher schrecklich fand.

Aber dann gingen sie doch nicht nach Hause. Tine hatte noch etwas Wodka, den wir mit dem Saft mischten. Wir tranken aus hohen Longdrinkgläsern, nur Bo blieb bei seinem schwarzen Kaffee. Er trank fast nie etwas anderes.

– Ich mag den Geschmack von Alkohol nicht, sagte er.

Tine hatte mir erzählt, er habe Angst, die Kontrolle zu verlieren. Ein einziges Mal sei er betrunken gewesen, in der zehnten Klasse, dafür aber gleich mit Filmriss und allem. Als er wieder zu sich kam, saß er mit nacktem Hintern und einem Blumenkübel auf dem Kopf in Frau Lunds Staudenbeet. Niemand wusste, wie er dort gelandet war.

– Man kann doch keinen Blumenkübel auf dem Kopf haben, das ist doch viel zu schwer, sagte ich zu Tine.

– Na, so geht zumindest die Geschichte. Aber du darfst Bo nie sagen, dass du davon weißt.

– Würde mir nicht im Traum einfallen.

Jetzt goss er sich gerade die letzten Tropfen aus der Thermoskanne ein, während wir anderen anstießen. Er leerte seine Tasse und stand auf:

– Dann weade ich mal heimwärts spazieren.

– Tschühüüs, Bo.

– Bis bald.

Als er die Wohnungstür hinter sich schloss, war es für einen Augenblick ganz still im Wohnzimmer. Wir hörten die Holzschuhe auf der Treppe klappern und dann die Tür, die mit einem lauten Knall ins Schloss fiel. Mit einem tiefen, zufriedenen Laut beugte Lauge sich vor und schenkte sich Wodka und Saft nach:

– Ahh, das tut gut. Wollt ihr nichts mehr?

– Ich nehm noch einen Kleinen, sagte Tim.

– Ich auch, sagte Tine. – Einen kleinen Großen.

– Ich auch.

Der Saft war schnell weg, und keiner von uns hatte Lust, den Wodka pur zu trinken. Tine stellte verschiedene Flaschen auf den Tisch, Whisky und Cognac und sogar Schokoladenlikör:

– Für meine kleine Schwester, die mag's ja am liebsten süß.

Eigentlich konnte ich nichts mehr trinken, mir war schon ganz schwummerig von der Wodka-Saft-Mischung, und außerdem war ich nicht in Feierlaune. Dafür war Lauge inzwischen aufgewacht, seine langen Arme und Beine wirbelten durch die Luft. Tim lehnte sich zurück, ich spürte sein Gewicht neben mir auf dem Sofa. Tine führte das Wort. Sie erzählte Anekdoten von Leuten, mit denen sie im Laufe der Jahre zusammengearbeitet hatte, von deren Spleens und Macken. Dabei flogen ihr immer wieder die Haare ins Gesicht, und sie lachte nach jedem Punkt, ihre Augen funkelten:

– Hans Larsen, der aus unserer Straße, mit seinem Matrosenanzug.

– Der hat mal mit einem Lastwagenfahrer eine Stange Zigaretten gegen vier Wassermelonen getauscht.

– Davon sind ihm dann gleich drei die Treppe zum Autodeck runtergefallen. Und am unteren Ende hat eine dicke Frau gestanden und geschrien.

Lauge lachte mit dem ganzen Körper, und dann sprang Tine auf und warf den Plattenspieler an:

– Ich liebe die Siebziger!

– Nein, das ist doch viel älter! Das ist viel, viel älter!

Sie setzte sich wieder an den Couchtisch, trank und prostete uns zu und redete, bis ihr Glas leer war und sie nicht mehr trinken konnte, nicht mehr reden konnte, still wurde und ein wenig tiefer in den Sessel sank, die Platte war zu Ende, und es wurde keine neue aufgelegt.

– Jetzt werd ich mal schlafen gehen, sagte sie. – Ich bin müde. Und morgen hab ich wieder Frühschicht.

– Ditte kann doch bei mir zu Hause bleiben, sagte ich.

– Nein, ich bring sie zu Frau Lund. Das haben wir so abgesprochen.

– Hast du morgen frei?, fragte Lauge.

– Nein, ich arbeite am Nachmittag, sagte ich.

Nachdem Tine Gute Nacht gesagt hatte, signalisierte Tim, dass er gehen wolle. Aber Lauge war nicht so einfach zum Gehen zu bewegen. Er schenkte sich nach, trank und sprach in viel zu langen Sätzen. Schließlich stand Tim auf und fing an abzuräumen. Ich folgte ihm in die Küche. Er stellte die Sachen auf dem Küchentisch ab und wollte gerade ins Wohnzimmer zurückgehen, aber ich hielt ihn zurück:

– Übrigens, Tim.

– Was denn?

– Warum hast du mir nicht von Birgitte erzählt?

Er lächelte schief und zuckte mit den Schultern:

– Sie war so weit weg. Ich hab nicht damit gerechnet, dass sie schon so bald wieder nach Hause kommt.

Darauf wusste ich nichts mehr zu sagen. Ich stand einfach nur da und nickte die ganze Zeit. Und Tim nickte auch. Wir hörten gar nicht mehr auf zu nicken. Bis Lauge im Wohnzimmer etwas umwarf und fluchte. Ich nahm die Küchenrolle und ging hinüber, um aufzuwischen. Lauge saß da und studierte ein Plattencover, die Füße auf dem Tisch.

– Ich geh jetzt, sagte Tim.

– Ich trink nur noch aus, dann bin ich auch weg, sagte Lauge.

Als Tim die Tür zugeworfen hatte, setzte ich mich aufs Sofa. Lauge kam mit der Plattenhülle zu mir herüber.

– Schau dir mal den Schlagzeuger hier an, sagte er und fing an, mich zu küssen.

Er roch nach Waschpulver oder Weichspüler. Ich dachte daran, dass er noch immer zu Hause wohnte. Auf einmal lagen wir auf dem Sofa, seine Haare fielen ihm in die Stirn, was ihm so gar nicht stand, und alle seine Knöpfe saßen viel zu fest in den Knopflöchern. Dann waren da plötzlich überall Arme und Beine, viel zu viele Arme und Beine, mir wurde ganz schlecht von all den unruhigen Gliedmaßen, und ich schlang meine Arme um ihn. Die Schultern hatten zum Glück eine gewisse Breite, mehr als ich erwartet hatte. Ich hielt ihn ganz fest, sagte nette Dinge zu ihm. Er keuchte direkt vor meinem Gesicht:

– Meinst du das auch so? Meinst du das wirklich? Du bist toll.

– Danke.

– Meinst du das wirklich?

– Ja doch.

In dem Stil ging es weiter, bis es vorbei war mit dem Keuchen. Ich hielt die Schultern noch immer fest umklammert, er wurde schwerer. Er glitt von mir herunter und neben mich aufs Sofa. Jetzt roch er eher nach Schweiß, gar nicht unangenehm, und sein Gesicht bekam einen sanften Ausdruck, der mir wirklich gut gefiel. Mir fiel auf, wie schön grün seine Augen waren. Er sah mich an. Wir lagen da und flüsterten, irgendwo weiter unten auf dem Sofa hielt er meine Hand. Es fühlte sich warm an und sehr richtig. Ich dachte: Man kann sich selbst doch kein bisschen trauen. Wenn ich jetzt sagen würde, ich sei in ihn verliebt, wäre es nicht einmal gelogen.

Doch als er sich aufsetzte und sein gelbes Hemd anzog, waren seine Beine noch immer zu lang. Und seine gewohnte Stimme kehrte auch wieder zurück.

– Darauf vielleicht doch noch einen Schluck, sagte er und beugte sich vor und griff nach einer der Flaschen auf dem Tisch. Er nahm sich auch eine Zigarette aus Tines Schachtel und zündete sie an.

– Du rauchst doch gar nicht, sagte ich.

– Doch, zu besonderen Anlässen.

Er lächelte. Ich lächelte zurück. Mir gefiel der Ausdruck »besonderer Anlass« in diesem Zusammenhang nicht. Ich küsste ihn auf den Hals. Als er zu Ende geraucht und getrunken hatte, stand er auf.

Er zog seine restlichen Kleider an, ein wenig wackelig auf den Beinen.

– Woher kennt ihr eigentlich Bo Lund? Der ist schon ein komischer Kauz.

– Er ist quasi unser Cousin.

– Oh, okay.

Ich begleitete ihn ins Treppenhaus. Er beugte sich von weit oben zu mir herunter und küsste mich auf den Mund.

– Sehen wir uns morgen?, fragte er. – Ich hab wieder Nachtschicht.

– Dann wohl eher nicht.

– Vielleicht können wir ja mal was essen gehen? Wann ist noch mal das Aalfest draußen in Bandholm?

– Also ehrlich gesagt mag ich Aal nicht so besonders, sagte ich.

19

Am Tag darauf fühlte ich mich plump und unförmig. Ich konnte nicht sagen, warum. Bevor ich zur Arbeit musste, hatte ich ein paar Stunden für mich allein in der Wohnung. Ich probierte zu meiner Uniform verschiedene Schuhe und Halsketten an, aber irgendwie war nichts davon richtig gut. Schließlich zog ich eine weiße Feinstrumpfhose und Tines braune Ballerinas an, was ich schon auf dem Weg zur Bushaltestelle bereute, aber da reichte die Zeit nicht mehr, um noch einmal zurückzugehen.

Es regnete, der Grünstreifen war völlig aufgeweicht. Ich übersah eine Pfütze, und schon hatte ich Matschspritzer am Bein. Während ich auf den Bus wartete, versuchte ich, die Flecken mit Wasser aus einer anderen Pfütze zu entfernen. Es funktionierte einigermaßen, aber aus Versehen tauchte ich dabei meinen Ärmel ins Wasser. Zum Glück hatte ich an den Schirm gedacht, so dass zumindest meine

Haare noch immer trocken waren und saßen, wie sie sollten. Ich stellte mich mit dem Schirm in der Hand an den Straßenrand, als der Bus auf der Landstraße auftauchte.

Ganz vorne saßen Mona und Marie Svendsen. Monas Haare waren hoch oben auf dem Kopf zu einer äußerst aufwendigen Frisur arrangiert. An den kleinen Ohren baumelten blaue Creolen. Sie nickte mir zu, als ich vorbeiging. Marie Svendsen lächelte, ohne den Mund zu öffnen.

– Hi, du flotter Käfer, rief Elsebeth, die ganz hinten im Bus saß.

Ich setzte mich neben sie, und wir lachten laut über irgendetwas, vielleicht ihre Begrüßung oder das Geräusch, das der Bus machte, oder darüber, dass wir bei diesem fürchterlich tristen Wetter beide den gleichen türkisfarbenen Lidschatten aufgetragen hatten. Mona und Marie Svendsen drehten sich um und sahen durch den fast leeren Bus zu uns nach hinten. Marie Svendsen schaute fragend, aber Elsebeth schüttelte nur den Kopf und machte eine abwehrende Geste, sie konnte gar nicht mehr aufhören zu lachen.

– Du hast ja weiße Strümpfe an, sagte Mona, als wir die Parfümerie betraten und unsere Mäntel und Taschen aufhängten. Die nassen Regenschirme stellten wir in der Ecke bei Marie Svendsens Kasse ab.

– Ja, sie sind weiß, sagte ich, was Mona aber schon nicht mehr hörte, denn es waren neue Waren und Pröbchen von Balmain und Guerlain gekommen, und auch das gesamte Sommerfarbsortiment von Lancôme.

– Nein, guck dir mal den hellen Lidschatten hier an. Ich hab es ja gesagt, Pfirsich wird die Farbe des Sommers.

Sie machte sich sofort daran, direkt unter den Augenbrauen eine dünne Schicht aufzutragen, sie zog eine der Lampen vor den Schminkspiegel auf der Theke. Die Farbe stand ihr außergewöhnlich gut. Marie Svendsen klatschte in die Hände:

– Wie für dich gemacht.

Mona konnte gar nicht stillstehen, ihre Unterarme fuchtelten hin und her.

– Guck mal, da sind auch Puderperlen. Und es gibt von allen Proben gleich mehrere. Wir können also welche mit nach Hause nehmen, Marie.

– Toll, sagte Marie Svendsen und sprühte sich Shalimar in beide Ärmelausschnitte.

In Tines flachen Schuhen hatte ich viel zu guten Bodenkontakt. Unsere Mutter hatte mich einmal aufgehalten, als ich zu Hause durchs Wohnzimmer ging:

– Jane, kannst du denn nicht normal gehen?, sagte sie.

– Ich gehe doch einfach nur, sagte ich.

Ich war elf Jahre alt und wollte gerade ein Wörterbuch aus meinem Schulranzen holen. Ich musste nachsehen, ob es das Wort »Muhme« wirklich gab. Es reimte sich auf Blume.

– Ja, aber du gehst unglaublich plump. Du läufst auf den Fersen.

– So ist Jane schon immer gelaufen, sagte Tine drüben in der Küche mit vollem Mund.

– Es hört sich an wie zehn Elefanten, sagte unsere Mutter.

Seitdem versuchte ich immer daran zu denken, zuerst die Zehen auf den Boden zu setzen. In Ballerinas war das wirklich schwierig. Als die Fähre ablegte, ging ich nach vorne und öffnete die Glastüren. Dabei sah ich mich selbst in voller Länge und Breite im Spiegel an der Seitenwand, meine Beine glichen zwei weißen Säulen.

Auf der letzten Überfahrt von Deutschland zurück sah ich ihn, den Tine Abel genannt hatte, im Supermarkt in einer der Schlangen stehen. Ich hatte dort Pappkartons abgeliefert und im Lagerraum ein paar Worte mit Tim gewechselt. Er wollte wissen, ob es spät geworden sei mit Lauge. Ich sagte, es sei halb so wild gewesen. Ich war recht kurz angebunden und ging bald durch eine der Kassen wieder hinaus, mit Abels Blick im Rücken. Ich war mir sicher, dass er mir nachsah.

Kurze Zeit später kam er in die Parfümerie und ging direkt zu meiner Kasse. Ich spürte, dass Mona und Marie Svendsen uns beobachteten. Es war sonst nur eine einzige Kundin im Laden, die sich in aller Ruhe umsah, die beiden hatten also nichts zu tun.

– Hallo.

Er lächelte mich an. Er trug eine schwarze Jacke und Jeans und unter der Jacke etwas Weißes. Ich war froh, dass er von seiner Seite der Theke meine Strumpfhose nicht sehen konnte.

– Hallo. Bist du für dieses Mal fertig in Deutschland?

– Nein, aber ich habe eine Woche Urlaub und fahre jetzt erst mal heim. Man hat ja auch noch ein Leben zu Hause.

– Gibt's denn in Brønshøj keine Arbeit für dich?

– Wohl schon. Aber sie bezahlen gut in Deutschland. Hast du jetzt gleich frei?

Ich nickte:

– Wenn wir im Hafen sind. Was darf's denn sein?

– Ich hätte gern eine Seife.

– Hm.

– Was würdest du sagen, welche Seife ist die allerbeste? Also, welche magst du am liebsten?

– Kenzo, sagte ich, und im selben Moment kam es von Monas und auch von Marie Svendsens Kasse:

– Kenzo.

– Ja, Kenzo.

Er sah zu ihnen hinüber, von der einen zur anderen, und wir lachten alle vier.

– Das ist die beste, sagte Mona und nickte, bevor sie sich der anderen Kundin zuwandte, die sich inzwischen entschieden hatte. Marie Svendsen ging zu ihr hinüber, um ihr mit einer Nagelschablone behilflich zu sein.

– Die Seife ist aber sehr teuer, sagte ich.

– Ich nehme zwei Stück.

Er holte sein Scheckheft heraus, und ich schlug die beiden Seifen in Papier ein und wollte sie gerade in eine Tüte stecken, doch er hielt mich davon ab, mit gedämpfter Stimme:

– Eine davon ist für dich.

– Das kann ich nicht annehmen.

– Doch, klar kannst du. Danke und bis zum nächsten Mal.

Beim Hinausgehen lächelte er mich über die Schulter hinweg an. Ich nahm die Seife und steckte sie unter der Theke schnell in meine Stofftasche, ganz nach unten, unter den Geldbeutel und die zwei Packungen Kaffee, die ich auf der letzten Überfahrt gekauft hatte.

Die Schwere in den Beinen war verschwunden, als ich von Bord ging.

Zu Hause wartete Tine schon auf mich, mit Frikadellen und brauner Soße.

Der Schaukelstuhl stand, wo er die ganze Zeit gestanden hatte, verkehrt herum und drum herum lauter Hobelspäne auf dem Fußboden.

– Und jetzt?, fragte Tine, und ich setzte mich neben sie.

20

Tine konnte so überschwänglich sein, dass meine eigene Freude sich verflüchtigte. Sie hüpfte auf dem Sofa auf und ab, sie klatschte in die Hände, ihre Stimme war laut und klar. Mehrmals musste ich ihr das Treffen mit Abel in allen Einzelheiten schildern.

– Der will ganz bestimmt was von dir. Bist du nicht total happy jetzt?, fragte sie.

– Ich weiß nicht recht.

Manchmal kam ich mir vor wie ein Silo am Rande eines Ackers. Ich wusste nicht, was innen drin war. Vielleicht war da gar nichts. Ich dachte auch darüber nach, wie andere mich wohl sahen. Sie durften mich ja gerne bemerken, aber mehr dann auch nicht. Ich sprach mit Tine darüber:

– Ich fühle mich wie ein Silo.

Sie runzelte die Stirn:

– Hast du wieder zugenommen? Dann müssen wir wohl eine Weile Rohkost essen.

Ihre Tage spielten sich im Dreieck zwischen Königskarree, Fähre und Frau Lund ab. Wie ein frischer leichter Wind sauste sie durch Rødbyhavn, mit oder ohne Kinderwagen. Rundherum sorgte sie für eine Menge Bewegung. Frauen rissen die Arme in die Höhe, Handwerker drehten sich am Steuer um. Einmal, als wir Ditte abholten, bekam sie von Frau Lund eine Yuccapalme geschenkt, die diese auf dem Müll gefunden hatte. Auf dem Heimweg stellte Tine die Palme ganz oben auf den Kinderwagen. Ich fand das ganze Arrangement äußerst peinlich und hielt mich deshalb im Hintergrund. Auf diesem Heimweg fiel mir dann auch noch etwas anderes auf. Die Leute schüttelten den Kopf, wenn Tine an ihnen vorbeigegangen war. Das passierte mehrmals, und es wiederholte sich auch ein paar Tage später.

Wir hatten gemeinsam Dienst in der Parfümerie und lösten Fräulein Fein und Gemein ab. Fräulein Gemein hatte auf der letzten Überfahrt wenig zu tun gehabt, und so hatte sie gleich die Warenbestellung erledigt, obwohl das eigentlich die Aufgabe der Frühschicht war. Tine fiel ihr um den Hals:

– Ellinor, du bist eine Perle. Das bist du wirklich.

– Gern geschehen.

– Du bist wirklich ein Schatz. So ein guter Mensch bist du.

– Danke. Euch noch eine gute Schicht.

Fräulein Gemein gelang es schließlich, sich loszureißen, und die beiden drehten sich um und gingen in Richtung Ausgang. In dem Augenblick sah ich, wie Fräulein Fein den Kopf schüttelte. Ich folgte Tine in die Parfümerie, sie war schon dabei, sich eine Kosmetikprobe auszusuchen.

– Du hast dich ganz schön gefreut, was?

Sie sah mich an:

– Ja, natürlich hab ich mich gefreut. Jetzt haben wir viel mehr Zeit.

– Hättest du nicht einfach ganz normal Danke sagen können?

– Was meinst du denn jetzt damit?

– Nichts.

Ich verstaute meine Stofftasche unter der Kasse. Tine warf sich ihre über die Schulter:

– Magst du auch eine Cola?

– Nein danke.

– Was Süßes vielleicht?

– Nein. Tine, hast du nicht vielleicht ein bisschen zu viel Lidschatten aufgetragen?

– Kann ich mir nicht vorstellen.

Sie beugte sich über den Schminkspiegel auf der Theke:

– Sieht doch sehr gut aus, oder? Das muss so weit nach oben gehen.

– Wenn du meinst.

– Bin gleich wieder da.

– Schöne Grüße.

Abel würde auf der nächsten Überfahrt von Deutschland nach Dänemark an Bord sein, das hatte er mir zwei Tage zuvor erzählt. Ich hatte Tine nichts davon gesagt. Sie hatte die Kenzo-Seife auf den Sekretär im Wohnzimmer gelegt, damit wir sie ausgiebig bewundern konnten.

– Da kann sie schön vor sich hin duften.

– Was stinkt denn hier so gut?, fragte Bo, als er das nächste Mal in unserem Wohnzimmer saß und hobelte.

– Eine Seife von Janes Verehrer, sagte Tine.

– Du hast einen Verehrer, Jane? Sieh mal an.

– Haha.

Ich stand in der Küche und zählte mein Geld. Ich wollte Bo hinter Tines Rücken fünfzig Kronen geben. Doch ich hatte nur zweiundvierzig Kronen und fünfzig Öre in bar, und ich konnte wohl schlecht mit so einem krummen Betrag ankommen. Als Tine hinausgegangen war, um Ditte ins Bett zu bringen, setzte ich mich neben Bo auf den Fußboden.

– Ich möchte dir gerne was zahlen für deine Arbeit. Aber ich habe nur zweiundvierzig fünfzig.

– Nein, nein, ich will nichts dafür.

– Doch, bitte, ich möchte es gerne.

– Du kannst mir ja irgendwann eine Stange Zigaretten kaufen.

– In Ordnung, das mach ich.

– Kenne ich ihn, deinen Verehrer?

– Hör mir bloß mit dem auf. Es gibt keinen Verehrer.

– Ist es Kim Hansen?

– Nein, Gott bewahre. Wie kommst du denn darauf?

– Es gibt da so Gerüchte.

– Ich hab ihn seit über zwei Jahren nicht mehr gesehen.

– Er hat allen in Errindlev erzählt, dass ihr euch verloben wollt.

Tine steckte den Kopf zur Tür herein:

– Wer will sich verloben?

– Jane will sich mit Kim Hansen verloben. Zumindest erzählt er das jedem.

– Du hörst doch mit dem Hintern, Bo. Nicht mit Jane, mit Ane Mathiesen will er sich verloben.

– Ach so, verstehe.

– Und wie vielen hast du das inzwischen erzählt?, fragte ich.

Bo blickte zu Boden:

– Ich rede doch nur mit euch, mit sonst niemandem.

In der Pause nach der ersten Überfahrt entdeckte Tine Abel drüben vor dem Minishop. Sie kam gleich zurück in die Parfümerie gestürmt, wo ich noch immer damit beschäftigt war, das Regal auf meiner Seite aufzufüllen.

– Er ist hier. Keine Sorge, ich schmeiß den Laden schon allein.

– Ja, aber, was soll ich denn tun?

– Zuallererst musst du deine Haare machen. Und wenn er hierherkommt, fragst du ihn, ob er mit an Deck will.

– Das mache ich auf gar keinen Fall.

– Warum denn nicht?

– Was, wenn er Nein sagt? Ich weiß auch gar nicht, worüber wir reden sollten.

– Natürlich sagt er nicht Nein. Warum, glaubst du, schenkt er dir eine Seife?

Draußen vor der Glastür tauchte Abels Gesicht auf. Danach folgte der Körper in Jeans und T-Shirt, er winkte mir zu. Ich winkte zurück, und Tine winkte ebenfalls.

– Jetzt geh raus zu ihm, zischte sie mir zu.

– Halt einfach die Klappe, Tine, ja?

– Na, fein.

Sie schlug mit beiden Händen auf die Theke. Ich wandte mich wieder meiner Arbeit zu, nahm Schachteln und Tuben aus den Kartons und stellte sie ins Regal. Bevor wir ablegten, ging ich noch eine Runde raus. Abel saß in der Cafeteria und schaute sich um. Er stand auf, als er mich sah.

– Ich wollte später noch zu dir kommen. Ich soll der Frau meines Bruders ein Deo mitbringen.

– Wie lange bleibst du diesmal in Dänemark?

– Nur ein paar Tage. Dann fahre ich wieder rüber zum Arbeiten.

– Wo arbeitest du denn in Deutschland?

– Ziemlich weit im Norden. Kurz vor Hamburg. Wir machen die Installationen in einer großen Wohnanlage.

– Seid ihr viele dort?

– Wir sind so vier, fünf in der Firma. Wir wohnen alle im Hotel.

– Dann esst ihr garantiert jeden Tag Würstchen und geht in die Kneipe und trinkt jede Menge Bier.

– Nein, so schlimm ist das gar nicht. Wir arbeiten ziemlich viel. Aber Würstchen essen wir tatsächlich ab und zu.

– Auch Sauerkraut?

– Nein, das gab es bislang noch nie. Aber so hat man immer noch was, worauf man sich freuen kann.

– Haha.

Als ich ihn kurz darauf in der Parfümerie bediente, hielt er meinen Blick so lange fest, bis ich schließlich wegsah. Tine beobachtete uns von ihrer Kasse aus.

– Der steht auf dich, sagte sie später.

– Woher willst du das denn wissen?

– Mit so was kenn ich mich aus.

– Woher?

– Was glaubst du denn?, sagte Tine, und direkt danach zu einem der Matrosen, der in voller Uniform an der Parfümerie vorbeiging:

– Hi Jimmy. Komm doch mal kurz rein.

Und schon stand Jimmy vor Tine, die über die Theke hinweg seine Hände ergriff und sich weit nach vorne lehnte:

– Bist du gerade am Streichen? Ich hab dich gestern mit den ganzen Farbeimern gesehen.

– Ja, Tine, bei meinen Alten.

– Ach, du bist doch ein guter Junge. Ist er nicht ein guter Junge, Jane? Jimmy, damals in der Schule warst du meine größte Liebe.

– Ging mir genauso, Tine.

Er verschwand, als zwei ältere Damen die Parfümerie betraten. Tine bediente die beiden gleichzeitig. Im Laufe ihres Einkaufs wurden sie immer kicheriger und ausgelassener. Tine empfahl ihnen Cremes und Lippenstifte und neue Parfums, aber die Damen kauften nur je eine Dose Haarspray, dafür verließen sie das Geschäft eingehüllt in eine

Wolke verschiedenster Düfte. Draußen blieben sie stehen und schnupperten an ihren eigenen Handgelenken und an denen der Freundin, gingen ein paar Schritte weiter, setzten die Schnupperei fort, winkten Tine zu. Tine winkte zurück:

– Die waren ja süß.

– Du und Jimmy, seid ihr zusammen zur Schule gegangen?, fragte ich.

– Ja, fast.

– Aber wart ihr damals zusammen?

– Nö. Wir sagen das nur so zum Spaß.

– Ich glaube nicht, dass es für ihn Spaß ist.

– Doch, klar ist es das.

– Manchmal übertreibst du echt ein bisschen, Tine. Die Leute schütteln den Kopf über dich.

– Dann haben sie wenigstens was zu tun. Kann ja auch nicht jeder von sich behaupten.

Es wirkte nicht so, als würde sie sich meine Äußerung sehr zu Herzen nehmen. Doch als wir einige Stunden später von Bord gingen und den Letzten draußen auf dem Parkplatz zum Abschied gewinkt hatten, wandte sie sich mit einem sehr bestimmten Blick zu mir um:

– Das, was du da vorhin gesagt hast. Mit den Leuten. So was will ich nie wieder hören.

– Natürlich. Tut mir leid.

– Du brauchst dich nicht zu entschuldigen. Du sollst mir nur nie wieder mit so was kommen. Verstanden? Ja, tschühüüs, Gitte-Kuh.

Die Informationsdame hatte uns aus ihrem Morris Mascot zugehupt, und Tine riss beide Arme in die Höhe und winkte dem Auto hinterher. Auch ich hob eine Hand. Auf dem Brovej holte uns ein radelnder Matrose ein, und Tine redete kurz mit ihm, bevor er weiterfuhr.

21

Abel hatte mich für den Palmsonntagnachmittag, bevor er wieder nach Deutschland fahren würde, auf einen Kaffee im Seepavillon eingeladen. Er wollte mich vor der Wartehalle abholen. Ich hatte Kleider zum Wechseln mitgenommen, einen neuen Pullover und Tines graue Wollhose, die ich nach meiner Schicht anziehen wollte. Zum Glück war auf der letzten Überfahrt nicht viel zu tun, so dass ich Zeit hatte, ein wenig Make-up aufzulegen und meine Nägel zu feilen. Ich band meine Haare oben auf dem Kopf zusammen und fixierte die Palme großzügig mit Haarspray, draußen wehte es ganz schön. Überhaupt hatte es einen Wetterumschwung gegeben. Es war kälter geworden, der Frühling hatte sich wieder verabschiedet, und der Wetterbericht versprach für Ostern sogar Schnee.

Ich ließ Mona einen Vorsprung, als wir von Bord gingen, was nicht weiter schwierig war, sie war nicht der Typ, der auf andere wartete. Langsam schlenderte ich durch die Wartehalle, und als ich die Toilette erreicht hatte, ging ich schnell hinein und zog mich um. Ich faltete meine Uniform ordentlich zusammen, um Bluse und Rock am nächsten Tag noch einmal anziehen zu können. Als ich die Toilette verließ, hätte ich Lauge beinahe die Tür an den Kopf geschlagen. Ich hatte kaum mit ihm gesprochen seit seinem Besuch im Königskarree. Inzwischen fürchtete ich, er könnte meinem Schweigen eine größere Bedeutung beimessen. Aber ich hatte schlicht und einfach nicht gewusst, was ich hätte sagen sollen.

Jetzt blieb er stehen, lächelte ein wenig schief, streckte einen langen Arm ins Leere und zog ihn wieder zu sich:

– Hi Jane. Willst du mitfahren?

– Nein, aber vielen Dank, Lauge.

– Na ja, kein Problem. Tim fährt auch mit. Wir fahren nach Rødby und holen da einen Hund ab.

Tim tauchte mit ein paar leeren Plastiktüten aus dem Inneren des Fahrkartenschalters auf, er lächelte, als er mich sah.

– Hallo.

– Hallo.

– Was ist das denn für ein Hund, den ihr da abholt?

– Das war Bente ihrer, sagte Tim.

– Bente Sørensen, sie ist gestern gestorben, sagte Lauge. – Hast du sie gekannt?

– Nicht richtig. Aber ich wusste, dass sie krank war.

– Sie war eine Arbeitskollegin meiner Mutter. Wir haben versprochen, uns um den Hund zu kümmern. Ein Labrador, er heißt Kalle.

– Sollen wir dich unterwegs irgendwo absetzen?, fragte Tim.

– Danke, aber ich bin verabredet.

– Ach so, na dann.

Wir sagten nichts mehr, als wir durch die Unterführung und hinauf zum Ausgang gingen. Abel stand drüben auf dem Parkplatz und wartete. Er blieb stehen, bis ich mich von Lauge und Tim verabschiedet hatte, dann ging er mir entgegen. Lauge drehte sich nach uns um. Kurz darauf drehte Tim sich um. Als wir ein wenig später dicht an Lauges Auto vorbeifuhren, war Tim gerade dabei, die Rückbank mit Plastiktüten auszulegen.

– Sie fahren gleich einen Hund abholen. Deshalb die Plastiktüten, sagte ich zu Abel.

– Ach so, deshalb.

Der Seepavillon hatte aufgrund einer privaten Veranstaltung geschlossen. Wir saßen im Auto und sahen hinaus auf die Ostsee, über dem Wasser war der Himmel ganz weiß, und die Wellen hatten Schaumkronen. Der Wind pfiff in den Wagentüren.

– Hat bestimmt ganz schön geschaukelt heute, sagte er.

– Und wie.

– Wirst du denn nie seekrank?

– Nö, komischerweise nicht. Aber manchmal bekomme ich ein bisschen Kopfschmerzen.

– Hast du jetzt auch Kopfschmerzen?

– Nein, keine Spur.

Wir hatten dagesessen und überlegt, wo wir stattdessen Kaffee trinken könnten. Ich hatte das Danhotel und das Motel draußen an der Autobahn vorgeschlagen, und er hatte gesagt, ich könne es mir aussuchen. Aber ich konnte mich nicht richtig entscheiden. In Wirklichkeit konnte ich auch keinen Kaffee mehr trinken. Ich hatte schlecht geschlafen und bei der

Arbeit mindestens fünf Tassen getrunken, um einen klaren Kopf zu bekommen. Ich hatte auch absolut keine Lust, etwas zu essen. Meine ganze Magengegend war angespannt, es war überhaupt nicht unangenehm, aber Lust zu essen hatte ich keine. Abels Hände lagen ruhig auf dem Lenkrad. Es waren gute, breite Hände. Er hatte einen dicken, hellen Pulli an. Seine Jacke hatte er auf die Rückbank gelegt.

– Aksel, warum sitzen wir hier?, fragte ich.

– Ja, das ist die Frage.

In seiner Stimme lag eine Verlegenheit, die ich nur zu gut kannte. Doch meine eigene Verlegenheit nahm ab, wenn ich auf die anderer stieß. Ich öffnete einfach das Handschuhfach und schaute hinein:

– Hast du hier irgendwas Spannendes drin?

Da waren eine Menge Zettel und eine halbe Flasche Whisky.

– Ja, Whisky hätte ich, sagte er. – Magst du?

– Ja, gerne. Das wäre toll.

Ich hatte Whisky noch nie gemocht, aber jetzt nahm ich einen großen Schluck und spürte die Wärme durch meinen Körper wandern. Ich reichte Abel die Flasche.

– Oh, das macht schön warm.

– Frierst du? Du kannst meine Jacke haben.

– Nein, nein.

– Aber du sollst doch nicht hier sitzen und frieren.

Er startete den Motor und ließ ihn im Leerlauf laufen, warme Luft strömte mir entgegen.

– Eigentlich kann ich es auch einfach sagen, wie es ist, sagte er. – Wir sitzen hier, weil du so unglaublich gut gerochen hast an dem Morgen, als ich dich zur Fähre gefahren habe.

– Ich hab gut gerochen? Nach was denn?

– Ja, ich weiß nicht.

– Also, war es vielleicht Parfum?

– Nein, nein. Es war eher frische Luft oder so was.

– Aha.

– Vielleicht hast auch ein wenig nach Öl gerochen, von deinem Fahrrad.

– Hey.

Ich boxte ihn leicht in die Seite, und er lachte und hielt meine Hand fest.

– Und ich hab mir schon Gedanken gemacht, ob es wohl symbolisch war, dass du mir die Seife geschenkt hast.

– Ja, das war symbolisch.

– Und was sollte es bedeuten?

– Ich wollte, dass du jedes Mal an mich denkst, wenn du dir die Hände wäschst.

– Ich hab sie noch gar nicht benutzt. Meine Schwester hat sie zu Hause zur Dekoration auf den Sekretär gelegt.

– Ihr habt einen Sekretär?

– Ja, meine Schwester hat einen. Er hat unserer Mutter gehört.

– Es gibt wohl nicht viele in unserem Alter, die einen Sekretär besitzen.

– Sind wir denn gleich alt?, fragte ich.

– Nein, entschuldige, ich bin wahrscheinlich zehn Jahre älter als du, sagte Abel, und wie sich herausstellte, stimmte das genau. Er nahm noch einen Schluck Whisky und reichte mir die Flasche, ich trank ebenfalls.

Nach einer Weile machte er den Motor aus. Es war inzwischen auch ganz schön warm im Auto.

– Jetzt kann ich nirgendwo mehr hinfahren, bevor der Whisky nicht wieder raus ist.

– Welche Fähre wolltest du denn nehmen?

– Ich hab für heute gar keinen Platz gebucht. Ich warte einfach.

– Ist es nicht irgendwie seltsam, in einem anderen Land zu arbeiten?

– Nö. Da denk ich eigentlich kaum drüber nach.

– Also ich finde es seltsam.

– Es ist schon manchmal ein wenig trist dort unten im Hotel.

– Wieso denn?

– Ich liege nur rum und sehe fern. Aber ich will lieber mehr über dich erfahren. Warum wohnst bei deiner Schwester?

– Na ja, das hat sich so ergeben, weil ich meine Ausbildung abgebrochen habe. Ich wollte eigentlich Ergotherapeutin werden.

– Und was willst du jetzt machen?

– Fürs Erste arbeite ich auf der Fähre. Ich weiß nicht, was ich will.

– Hast du Lust, mit mir nach Deutschland zu kommen?

– Jetzt?

– Ja. Du kannst einfach mitkommen.

– Ja, aber ich muss morgen früh arbeiten.

– Dann kann ich dich ja in Puttgarden abholen, wenn du fertig bist.

– Aber dann bin ich doch in Dänemark.

– Du kannst doch einfach wieder mit rüberfahren.

– Nach Deutschland?

– Ja.

Er lächelte mich an:

– Also nur, wenn du Lust hast.

– Ich habe Lust, sagte ich und ließ mich zu seiner Seite fallen, küsste ihn, so dass mir beinahe die Luft wegblieb, und der Kuss schmeckte nach Whisky, und ich dachte: Er riecht doch selbst nach frischer Luft, bis ich die Augen aufschlug und sah, dass er das Fenster ein wenig heruntergekurbelt hatte. Es hatte angefangen zu schneien. Ich schloss wieder die Augen, und als ich sie das nächste Mal öffnete, hatte er das Fenster wieder zugemacht.

Wir saßen mehrere Stunden im Auto. In der Zeit legten die Dänemark, die Theodor Heuss und die Königin an und wieder ab. Wir tranken jetzt keinen Whisky mehr, und dennoch fühlte ich mich schwindlig und übermütig.

– Das ist ein bisschen seltsam, all das, sagte ich in einer Atempause zwischen zwei Küssen.

– Findest du?

– Nö. Oder doch, irgendwie schon.

– Warum denn?

– Wir wissen doch kaum was voneinander.

– Ein bisschen was wissen wir doch schon. Ich weiß zum Beispiel, dass du einen Sekretär hast.

– Nein, nicht ich, sondern meine Schwester.

Wir lächelten beide, sein Gesicht war ganz dicht vor meinem. All seine kleinen Bewegungen, das Lächeln, die Augen, die Arme um meine Schultern, waren ruhig und gesetzt, erwachsen, dachte ich, und er hielt seinen Rücken unglaublich gerade, obwohl wir so lange in allerlei unbequemen Stellungen im Auto gesessen hatten. Er steckte mich an mit seiner Geradheit. Das merkte ich, als ich aus dem Auto stieg und ihn zum Abschied küsste. Es schneite noch immer, der Parkplatz war ganz weiß.

Er hatte angeboten, mich nach Hause zu fahren, er bestand beinahe darauf, aber es fühlte sich wichtig an, jetzt allein durch den Schnee zu gehen. Außerdem wollte ich nicht zu allem, was er mir anbot, Ja sagen. Wir riefen gegen den Wind an, solange wir einander noch hören konnten:

– Ich warte auf dich.

– Ich weiß nicht, ob ich komme.

– Ich parke direkt beim Ausgang.

– Kann aber sein, dass ich meinen Pass nicht finde.

– Bis dann.

– Fahr vorsichtig.

– Mache ich immer.

Schließlich drehte ich mich um und ging los in Richtung Hafenplatz. In dem Augenblick fiel mir die neue Geradheit in meinem Rücken erst so richtig auf. Beim Gehen sprach ich vor mich hin, kleine Wörter in den Kragen meiner Jacke, »ja«, »immer«, »frische Luft«, es war beinahe seine Stimme, die da sprach, und ich lachte über etwas, das er gesagt hatte. Ich stellte mir seinen Körper vor, ohne die Kleider, schrak dann aber zusammen, weil er plötzlich mit dem Auto neben mir angerollt kam und mir durch das Fenster einen sehr warmen Blick zuwarf. Den ganzen Weg bis zur Kreuzung Færgevej-Havnegade fuhr er neben mir her. Zwischen uns bestand kein anderer Kontakt als unser Lächeln, ein

Lächeln, das größer und größer wurde, bis einer von uns den Blick senkte, weil es dann doch zu viel wurde. Er hupte, als er in den Færgevej abbog und beschleunigte. Dieses Hupen kam mir sehr vulgär vor, aber zum Glück vergaß ich es schnell wieder. Ich überlegte, was Tine wohl sagen würde, wenn ich zu ihm fahren würde. Ich hatte das starke Gefühl, dass sie mir davon abraten würde. Wäre es um sie selbst gegangen, hätte sie keinerlei Bedenken gehabt. Ich beschloss, einen Viertelliter Schlagsahne zu kaufen und uns am Abend heiße Schokolade zu machen. Ich ging zur Tankstelle und fand dort auch ein kleines grünes Badetier für Ditte. Hinter der Kasse stand Børge BP persönlich, auf die Theke hatte er eine Holzkiste mit gebrauchten Schallplatten gestellt, für einen Fünfer das Stück.

– Sind das Michaels alte Platten?, fragte ich, meine Stimme klang sehr leicht und fröhlich.

– Ja, er hat ausgemistet. Du bekommst zwei für einen Fünfer, weil du es bist.

– Vielen Dank. Wie geht's Smutti?

– Er atmet noch.

Keine der Platten sah wirklich gut aus. Aber ich fühlte mich irgendwie verpflichtet, sein Angebot anzunehmen, und so entschied ich mich für eine mit dänischen Hits und eine von Supertramp, die wir allerdings schon hatten. Aber dann hätten wir eben immer eine in Reserve.

– Wirklich nett von dir, Børge, vielen Dank.

– Ja, ja. Grüß schön zu Hause.

– Mach ich.

Als ich die Tür aufmachte und nach draußen trat, schlug mir ein eiskalter Wind ins Gesicht. Ich stopfte die Schallplatten und die Schlagsahne und das Badetier in die Stofftasche zu meiner Uniform und hielt mit meiner freien Hand den Kragen meiner Jacke zu.

Ich musste an Martin denken, an sein ständiges Frösteln und seine dünne Jeansjacke. Ich wollte ihm gerne etwas Gutes tun. Ich würde in den Keller gehen und aus einer der Kisten, die fälschlicherweise bei uns abgeliefert worden waren, einen warmen Pulli und eine Wollmütze heraussuchen. Martin war nicht der Mensch, der so etwas übel aufnahm. Als wir zur Schule gingen, wurde sein Schulranzen einmal von einem Müllauto überfahren. Zwei andere aus unserer Klasse hatten den Ranzen aus dem Fenster geworfen, während er mit seinen Magenschmerzen auf der Toilette saß. Als er ins Klassenzimmer zurückkam und sich an seinen Platz setzte, war es einen Augenblick lang ganz still. Er bückte sich, um etwas aus dem Schulranzen zu holen, der nicht mehr da war, und sah mit einem wirklich dämlichen Gesichtsausdruck wieder auf, so als hätte er sich verlaufen. Dann dröhnten Gelächter und Lärm durch den Raum, auch Martin selbst lachte, und er stand auf und folgte den anderen, als der Rest der Klasse zu den Fenstern lief. Draußen auf dem Parkplatz fuhr das Müllauto im Rückwärtsgang über den Schulranzen, und wir lachten und lachten, auch als das Müllauto wieder vorwärts fuhr und der plattgedrückte, zerfetzte Ranzen zum Vorschein kam. Hinter Martins lautem Lachen lag etwas, das wie Angst klang. Und nicht nur ich hörte es, sondern auch Kirsten Hansen, die genau den gleichen Schulranzen hatte. Ohne lange zu überlegen, räumte sie ihren aus und gab ihn Martin.

– Ich bekomme sicher einfach einen neuen, sagte sie, und Martin hatte kein Problem damit, das Angebot anzunehmen.

Jetzt fühlte es sich richtig und wichtig an, ihm

einen warmen Pulli zu schenken. Ich hielt meinen Rücken gerade, ich war eine, die etwas für andere tun wollte. Im Königskarree angekommen, ging ich direkt in den Keller und zu unserem Abteil, es war fast unmöglich, an die Sachen heranzukommen. Zum Glück stand die Kiste mit den Kleidern ganz oben, und ich entschied mich für einen dicken Pulli mit schwarzen und gelben Streifen und eine braune Bommelmütze und ging wieder nach oben.

Der Schnee blieb jetzt liegen. Es wurde gerade dunkel, in vielen Wohnungen brannte Licht. Als ich um die Ecke bog und auf den Block zuging, in dem Martin wohnte, sah ich vor dem Hauseingang einen Krankenwagen, die Scheinwerfer waren aus. Ich blieb mit den Kleidern im Arm stehen. Eine Frau, es war wohl die Friseuse, ging vor dem Eingang auf und ab, mit einem Gesicht, das völlig ausdruckslos war. Ich hörte zwei helle Stimmen hinter mir. Sie gehörten zwei ernsthaft dreinblickenden kleinen Jungen mit offenen Mänteln und Schnee im Haar. Ich sprach sie an:

– Wisst ihr, wer da krank ist?

– Martin Hansen. Er ist tot, sagte der eine Junge.

– Er hat Gift getrunken, sagte der andere. – Hat sich das Leben genommen.

Er deutete mit einem Nicken auf seinen Freund:

– Nicks Vater hat ihn gefunden. Er wollte sich einen Tauchsieder ausleihen.

– Stimmt genau, sagte Nick. – Für eine Wandertour nämlich.

– Ist das wirklich wahr?, fragte ich, und die Jungen nickten, so dass dem einen der Schnee aus dem Haar stob, dann gingen sie weiter.

Ich drehte mich um und ging zurück zu unserem Wohnblock. Irgendetwas verwirrte mich, und das waren wohl vor allem die Kleider, die ich mit mir herumtrug. Ich hätte sie nicht holen sollen, ich hätte auch nicht diesen Pulli aussuchen sollen. Ich wollte sie zurück in die Kiste legen, aber zuerst wollte ich hoch zu Tine, ich wollte ihr erzählen, was passiert war. Ich schloss die Tür auf und rief nach ihr:

– Tine, es ist was passiert.

Bevor ich noch mehr sagen konnte, kam sie aus dem Wohnzimmer, und dann kam Bo hinter ihr zum Vorschein. Die Hand mit der Zigarette hielt er fest an seine Brust gedrückt, beide hatten rote Augen. So gut kannten sie Martin doch gar nicht, dachte ich, aber dann sah Bo mich an und sagte:

– Mein Vater ist gerade gestorben.

Er führte die Hand mit der Zigarette zum Mund und nahm einen tiefen Zug, ich sah den Rauch vollständig in ihm verschwinden.

– Wie, Herr Lund ist auch tot?, fragte ich, und Tine nickte.

22

Bo hörte einfach nicht auf zu frieren. Er saß auf dem Sofa unserer Mutter unter einer Decke und rauchte, während wir auf das Taxi warteten. Es würde eine Weile dauern, beide Wagen waren unterwegs. Der eine sogar bis nach Kettinge.

Er war gerade mit dem Schaukelstuhl beschäftigt gewesen, als die Nachbarin aus dem Kragesøvej anrief. Frau Lund sei soeben mit Herrn Lund in einem Rettungswagen zum Krankenhaus gefahren. Er war in seinem Sessel über der Zeitung eingenickt, und als Frau Lund ihm seinen Nachmittagskaffee brachte, konnte sie ihn nicht wachbekommen. Sie hörte zwar, dass er atmete, aber er wollte einfach nicht aufwachen. Sie schüttelte ihn, sie schlug ihm ins Gesicht, schließlich stellte sie sich sogar hinter den Sessel und kippte ihn um. Herr Lund landete in einer sehr sonderbaren Stellung auf dem Fußboden, und da rief Frau Lund sofort einen Krankenwagen. Zum Glück war schon einer in der

Gegend, und Frau Lund war gleich mitgefahren, mehr wusste die Nachbarin nicht.

Eine halbe Stunde später rief Frau Lund selbst an, um mitzuteilen, dass Herr Lund tot sei. Kurz vor Sundby habe er sich mit einem gewaltigen Ruck auf der Krankenbahre aufgesetzt und sein letztes Wort gesprochen – »Hyllekrog!« –, um dann wieder nach hinten zu kippen und ein letztes Mal auszuatmen.

Vielleicht hatte Frau Lund sich verhört, der Krankenwagen war mit Blaulicht und Sirene gefahren.

Bo meinte, es sei durchaus denkbar, dass sein Vater sich in einem solchen Augenblick an Hyllekrog erinnert habe. Dort, in der kleinen Holzhütte seiner Großeltern, habe er schließlich die Sommer seiner Kindheit verbracht, sie badeten und fischten und liefen tagein tagaus barfuß herum, es war wirklich unglaublich, dass sie sich nicht an irgendetwas schnitten oder krank wurden. Heute gab es niemand mehr, der so herumlief, abgesehen von Peter Hansen draußen in Bindernæs. Aber das habe ja auch seine Gründe, seine Frau wolle jetzt übrigens eine Nähstube eröffnen, was man ihr kaum verdenken könne.

Seine Zähne klapperten. Ich stand auf, um den schwarz-gelb gestreiften Pullover zu holen, und gab ihn Bo. Er zog ihn an und schüttelte sich, er sah aus wie eine verfrorene Hummel.

– Ganz ruhig, Bo, sagte Tine. – Dein Taxi kommt gleich.

Wir gingen mit ihm nach unten und setzten ihn ins Auto. Wir blieben auf dem Parkplatz stehen und sahen dem Taxi nach, bis es auf der Havnegade verschwand. Es schneite noch immer, und wir hatten keine Jacken angezogen, die Schneeflocken setzten sich auf unsere Kleider, Haare, Gesichter. Tine stand ganz dicht bei mir:

– Er tut mir so leid.

– Das ist einfach zu viel.

– Und die arme Frau Lund. Was sie jetzt alles durchmachen muss.

– Ja. Arme Frau Lund.

– Wir sollten besser wieder zu Ditte raufgehen.

Wir drehten uns um und gingen zum Haus zurück.

– Was ist eigentlich mit Martin passiert?, fragte Tine.

– Sie haben gesagt, er hätte Gift getrunken.

– So ein Quatsch. Das würde er sich nicht trauen.

– Aber warum denn nicht, Tine?

– Was für ein Gift sollte das denn sein? Also, ich glaube das nicht. Er hat sich sicher erhängt.

– Wo kann man sich denn in den Wohnungen hier erhängen?

– An den Rohren im Badezimmer. An denen ganz oben.

– Meinst du, die halten das aus?

– Klar, locker. Kannst du dich noch an die Sache mit Keld Hansen erinnern? Der hat es ganz sicher so gemacht.

Keine von uns hatte Lust auf Abendessen. Wir saßen in der Küche, Tine schnitt ein Leberwurstbrot in kleine Stücke und stellte den Teller vor Ditte auf den Esstisch. Der ganze kleine Körper zappelte erwartungsvoll, Ditte streckte die Hand aus und bekam zwischen zwei Fingern ein Stückchen Brot zu fassen:

– Pinzettengriff, sagte ich.

– Heißt das so?

Ditte mümmelte und sabberte. Aus ihrem Mund kamen kleine, glückliche Laute.

– Hör doch mal, sagte Tine.

– Ja. Was bist du tüchtig, kleine Maus.

– Du bist die Beste auf der ganzen Welt.

Tine brachte Ditte ins Bett. Ich saß im Wohnzimmer, wusste aber nichts mit mir anzufangen. Ich ging in mein Zimmer und fand meinen Pass in einer der Mappen. Ich sah mir das Bild an und die verschiedenen Angaben. Es stimmte gar nicht, dass ich graugrüne Augen hatte, das hatte unsere Mutter auch gesagt:

– Da ist überhaupt nichts Graues. Und die Größe stimmt doch auch nicht.

– Doch, wenn ich Schuhe anhabe.

– Ja, aber die sind doch ganz flach.

– Sie hat sich auf die Zehenspitzen gestellt, hatte Tine aus der Küche herübergerufen. – Wir haben uns beide auf die Zehenspitzen gestellt, und er hat es überhaupt nicht gemerkt.

– Ihr zwei, hatte unsere Mutter gesagt und gelächelt.

Ich legte den Pass zurück und ging wieder ins Wohnzimmer. Normalerweise hätte ich mich aufs Sofa gelümmelt, aber an diesem Abend kam es mir unpassend vor, und Tine ging es wohl genauso, sie kam herein und setzte sich ganz aufrecht hin. Wir machten auch den Fernseher nicht an.

– Bente Sørensen ist auch tot, sagte ich. – Sie ist gestern gestorben.

– Die aus Rødby? Die war schon lange krank.

– Ja. Aber trotzdem. Sie war gar nicht so alt.

– Nö, das stimmt.

Tine atmete tief ein, und automatisch tat ich es ihr gleich. Wir atmeten aus und saßen eine Weile schweigend da.

– Wann, glaubst du, ist Herrn Lunds Beerdigung?, fragte ich schließlich.

– Die wird wohl erst am Ostersamstag sein. Da komme ich dann gerade von der Nachtschicht zurück.

– Und was ist mit Martin? Glaubst du, seine Beerdigung ist am selben Tag?

– Bestimmt.

– Wer soll denn jetzt auf Ditte aufpassen? Frau Lund wird es ja wohl kaum machen können.

– Hast du Dienstag und Mittwoch nicht frei?

– Doch, schon. Aber, Tine.

– Was ist?

– Abel hat gefragt, ob ich für ein paar Tage mit nach Deutschland kommen will.

– Hat er? Wann wäre das denn?

– Morgen nach der Arbeit.

– Oh. Na ja, aber mach das doch.

– Aber dann bist du doch traurig.

– Nö.

– Doch, bist du. Ich fahre nicht. Dann kann ich auch auf Ditte aufpassen.

– Jetzt hör aber auf.

– Es ist doch sowieso gerade so viel anderes. Natürlich bleibe ich hier.

– Das ist deine Entscheidung. Ich glaub, ich gehe ins Bett.

– Jetzt schon? Dann gehe ich auch gleich. Willst du zuerst ins Bad?

– Nein, geh du ruhig zuerst.

Als ich Zähne putzte, kam sie zu mir herüber und stellte sich in die Tür:

– Willst du heute Nacht nicht bei mir und Ditte schlafen?

Wir lagen in dem großen Bett mit Ditte zwischen uns und konnten nicht schlafen. Tine hatte ein Glas Wasser auf dem Nachttisch stehen, und zwischendurch setzte sie sich im Dunkeln auf und trank. Für einen Moment saß sie einfach nur da, dann stellte sie das Glas ab und legte sich wieder hin. Als sie sich zum dritten Mal aufsetzte, blieb sie sitzen.

– Ich tue mir die ganze Zeit selbst am meisten leid, sagte sie. Ist das nicht total daneben?

– Ich weiß nicht.

– Wer weiß, ob Frau Lund in Zukunft noch so viel Zeit und Energie hat.

– Für dich?

– Ja, und für dich. Und für Ditte. Wer weiß, ob sie jetzt noch auf Ditte aufpassen kann.

– Dann müssen wir uns eben was anderes einfallen lassen.

– Ja. Weißt du was, Jane? Man sollte auch an jedem einzelnen Tag viel fröhlicher sein. Das habe ich mir oft gedacht, seit unserer Mutter.

– Aber du bist doch fast immer fröhlich.

– Nein, bin ich nicht. Nicht genug.

– Ich kenne niemanden, der fröhlicher ist als du.

– Du kennst ja auch niemanden. Nein, entschuldige bitte.

– Nein, du hast schon recht. Ich kenne nicht so viele.

– Doch, tust du. Du kennst doch jetzt auch alle von der Fähre. Und die Männer schwirren nur so um dich rum.

– Tun sie doch gar nicht.

– Tun sie wohl.

Im Dunkeln konnte ich ihr Profil erkennen. Sie hatte die Stirn in die Hände gestützt. Dann richtete sie sich auf und wandte mir ihr Gesicht zu:

– Ich finde, du solltest morgen nach Deutschland fahren, sagte sie. – Das finde ich wirklich. Ich kann ja Eva anrufen. Sie kümmert sich bestimmt gerne um Ditte.

– Nein, ich fahre nicht.

– Du kannst dir meine rosa Lederstiefel ausleihen. Und ich hab auch noch ein paar D-Mark.

– Es ist besser, wenn ich hierbleibe. Leg dich doch wieder hin.

Sie legte sich hin. So verging eine Weile. Ich lag mit offenen Augen da. Wir konnten Dittes leichte Atemzüge hören. Ich hatte das Gefühl, ich würde niemals einschlafen können, und Tine ging es genauso. Ab und zu holte sie tief Luft und atmete hörbar durch den Mund aus. Unten auf dem Parkplatz wurde eine Autotür zugeschlagen, ein Motor angelassen. Der Schnee dämpfte die Geräusche, das Auto glitt an unserem Wohnblock vorbei und verschwand. Wir lagen noch lange wach.

UNSERE MUTTER

23

Unsere Mutter ging mit einem Blumenkohl in der Hand über die Felder. Sie war zwölf Jahre alt. Unsere Mutter hieß Ingelise Henriette Anette Hansen. Wenn sie gefragt wurde, sagte sie, sie heiße Henriette. Im Augenblick wohnte sie im Anden Tværvej. Sie hatte den Blumenkohl mitten auf dem Weg gefunden. Unter ihren Füßen knickten die Getreidehalme. Unsere Mutter versuchte, in die Pflugspuren zu treten, man durfte auf gar keinen Fall einfach so über die Felder gehen. Der Bauer konnte sonst auf die Idee kommen, irgendetwas nach einem zu werfen.

Unsere Mutter legte den Blumenkohl auf die Treppe vor dem Haus. Aus dem Wohnzimmer ertönte ein langes und perlendes Lachen, unsere Mutter zog ihre Holzschuhe aus und ging hinein. Ihre Mutter saß auf dem Sofa, neben ihr ein Mann mit grauen Haaren. Unsere Mutter blieb in der Tür stehen:

– Guten Tag.

– Guten Tag.

– Das ist Jørgen, und das ist Henriette, sagte ihre Mutter.

– Wann gibt es Essen?, fragte Henriette.

– Ach, das wird noch eine Weile dauern.

– Ich habe aber wirklich großen Hunger.

– Dummes Zeug, mach dir ein Marmeladenbrot, sagte ihre Mutter.

Unsere Mutter hatte viele wechselnde Väter. Sie saßen plötzlich im Wohnzimmer und lasen Zeitung oder knieten im Garten und jäteten Unkraut, wenn sie von der Schule nach Hause kam. Sie grüßte und ging nach oben in ihr Zimmer. Dort faltete sie die Hände und betete, sie mögen verschwunden sein, wenn sie wieder nach unten ging. Manchmal funktionierte es. Andere Male saßen sie ein halbes Jahr oder länger mit am Esstisch. Das war am schlimmsten, denn dann fing sie an, sie zu mögen. Sie strickte im Handarbeitsunterricht Strümpfe für sie und versuchte, sich lustige Geschichten zu merken, um sie ihnen zu erzählen. Aber eines Tages dann, wenn sie zum Frühstück nach unten kam, saß ihre

Mutter da und kaute an einer alten Brotkruste herum, die Augen ausdruckslos und tot. Der Tee war kalt, und es brannte auch kein Feuer im Kachelofen.

– Wo ist Knud-Erik?, fragte Henriette.

– Ausgezogen. Er wohnt nicht mehr hier, sagte ihre Mutter.

– Oh. Warum das denn?

– Ach, weißt du, wir hatten uns nichts mehr zu sagen, sagte ihre Mutter.

In der ersten Zeit nach einer solchen Trennung war ihre Mutter still und ernst. Henriette erteilte sich selbst wöchentliche Aufgaben. Sie mähte den Rasen und buk Weißbrot mit Kardamom. Jeden Samstag putzte sie sämtliche Schuhe, saß mit Lappen und Lederfett am Gartentisch. Es dauerte lange, sie mochte es, die Dinge ordentlich zu machen.

Eines Tages konnte dann ein unbekannter Strauß Blumen auf dem Esstisch stehen, wenn sie ins Haus zurückkam. Ihre Mutter würde nach Parfum duften und sie in die Arme schließen:

– Henriette, ich bin von einem Mann ins Eggerts eingeladen worden.

– Heute Abend?

– Ja. Bist du traurig deswegen?

– Nö. Ich habe auch deine Schuhe geputzt.

– Du bist das tüchtigste Mädchen, das ich kenne.

Henriette aß allein in der Küche zu Abend, vielleicht einen Teller Suppe oder ein paar Frikadellen mit Schwarzbrot, und hielt sich wach, bis ihre Mutter spät am Abend nach Hause kam. Die Mutter ging zu Fuß, obwohl es ziemlich weit war bis in die Stadt. Sie mochte es nicht, abgeholt oder nach Hause gebracht zu werden. Wenn sie über den Kies in der Einfahrt ging, machte Henriette die Tür auf.

– Hallo Mutti.

– Hallo.

Es war kein guter Abend gewesen. Ihre Mutter trat die Schuhe in eine Ecke und legte ihre Beine hoch:

– Der war auf jeden Fall nichts für mich, sagte sie.

– Nicht?, fragte Henriette. – Warum denn nicht?

– Er hatte den ganzen Abend über hier Mayonnaise hängen, sagte ihre Mutter und zeigte auf ihren einen Mundwinkel und fing an zu lachen.

– Oje, wirklich?, sagte Henriette.

Vier, fünf Mal geschah es auch, dass Henriette nach Hause kam und zusehen musste, wie ihre Mutter den Inhalt des Bücherregals und des Wäscheschranks in die großen Holzkisten packte. Das Kaffeeservice wurde notdürftig in Zeitungspapier eingewickelt, es musste offenbar schnell gehen. Henriette setzte sich auf die Sesselkante:

– Ziehen wir um?

– Ja, mein Schatz. Geh nach oben und pack deine Sachen. Carlo richtet sein Esszimmer für dich her.

– Und wo essen wir dann?

Ihre Mutter seufzte:

– Wir essen einfach in der Küche, die ist doch groß genug. Hast du denn schon wieder vergessen, wie es bei Carlo zu Hause aussieht?

So ein Umzug in ein fremdes Haus bedeutete, alles zu verlieren. Henriette wanderte von Raum zu Raum und fror und wusste nicht, wo sie hingehörte.

Es roch nach feuchten Wänden, und der Toilettensitz war eiskalt. Sie saß am Küchentisch und starrte auf ihren Haferbrei, während die Erwachsenen vollauf damit beschäftigt waren, sich zu küssen. Die Stimme ihrer Mutter war jetzt eine andere, selbst am frühen Morgen:

– Willst du Spiegeleier, Schatz?

Solange es eben dauerte. In der Regel sechs Monate. Dann fiel die Stimme an irgendeinem Mittwoch, nachdem er zur Arbeit gegangen war, wieder in ihre alte Tonlage zurück:

– Warum kann er nicht wenigstens ordentlich sprechen? Der glaubt wohl, er kann alles alleine entscheiden.

Die Mutter bekam Migräne und ging mit hängenden Schultern und kleinen, hilflosen Schritten durch das Haus, und Henriette brachte sie ins Bett und deckte sie sorgfältig zu. Sie saß auf der Bettkante, wenn die Mutter aufwachte und es ihr wieder besser ging. Dann schimpften sie gemeinsam über all seine schlechten Angewohnheiten.

– Er denkt doch nicht weiter, als seine Nase lang ist, sagte Henriette und half ihrer Mutter, die

Holzkisten hervorzuholen, sobald die Migräne ganz verschwunden war.

Ihre Mutter starb unverheiratet. Sie war Ende dreißig, als sie krank wurde. Unsere Mutter war damals ein junges Mädchen mit roten Wangen und einem soliden Unterkörper. Krautstampfer, sagten einige dazu, dabei hatte Henriette nie näher mit Kohl zu tun gehabt. Sie machte beim Metzger eine Ausbildung zur Verkäuferin, und dort gab es den ganzen Tag belegte Brote umsonst, daher unter anderem die kräftigen Schenkel. Der Metzger stellte sie fest an, als sie mit der Ausbildung fertig war. Sie war ein großer Gewinn für das Geschäft, sie hatte ein phänomenales Gedächtnis und konnte sich von Mal zu Mal merken, was die Kunden bevorzugt kauften. Ein Viertel Kalb und drei Viertel vom Schwein oder Koteletts mit dickem Fettrand oder Käse ohne Kümmel. Als ihre Mutter krank wurde, unterstützten der Metzgermeister und seine Frau sie sehr. Sie durfte früher gehen, wenn sie ihre Mutter im Krankenhaus in Maribo besuchen wollte, und auch für die Woche, in der sie gar nicht zur Arbeit kam, weil die Beerdigung der Mutter anstand und sie viel zu erledigen hatte, bekam sie den vollen Lohn.

Vielleicht konnte Trauer so groß sein, dass sie sich selbst linderte. Als Kind stolperte Henriette über eine Egge und riss sich dabei am Knöchel die Haut auf, bis auf den Knochen. Es sah fürchterlich aus, aber sie spürte rein gar nichts. Sie saß einfach nur da und lächelte, während der Arzt ein wenig Haut entfernte und die Wunde zusammennähte.

Es wollten einfach keine Tränen kommen.

Vielleicht war es ein chemischer Prozess im Körper.

Vielleicht war da irgendetwas, das sie abgehärtet hatte. Sie hoffte es. Sie fühlte sich sehr abgehärtet.

Henriette fuhr mit dem Rad zum Strand, in ihrem Fahrradkorb saß ein kleiner Hund. Sie ging mit dem Hund auf dem Deich spazieren und sah auf das Meer hinaus. Der Hund hieß Jesper. Henriette brachte ihm bei, sich für sein Futter zu bedanken. Sie hatte das Haus verkauft und war in die Wohnung über der Metzgerei gezogen. Wenn sie den

Besenschrank öffnete, zog der Geruch von Schinken und Geräuchertem herauf. Das machte ihr nichts aus, sie mochte beides.

Ein paar Mal im Jahr ging sie mit einigen alten Schulfreundinnen, die wie sie unverheiratet waren, zum Ball. Sie nahmen ihren eigenen Madeira mit, die Bügelflasche machte die Runde, wenn sie draußen im Park frische Luft schnappten. Der Himmel über den Baumkronen war kohlrabenschwarz. Alles roch nach Flieder. Henriette streckte auf einer Bank die Beine aus und legte den Kopf in den Nacken. Sie schloss die Augen. Als sie sie wieder öffnete, stand Birger Nielsen vor ihr und wippte auf den Füßen auf und ab. Dann wurde sie schwanger, wollte es ihm aber nicht sagen. Er war auch nichts für sie, und außerdem zog er kurze Zeit später nach Kolding.

Unsere Mutter sagte immer, Tine sei das selbständigste Kind gewesen, das man sich vorstellen könne. Als sie drei Jahre alt war, kochte sie sich ihren Haferbrei selbst. Und wenn irgendwelcher Dreck auf dem Fußboden lag, nahm sie einen Besen und kehrte ihn auf. So war das damals. Unsere Mutter wollte keine Hilfe vom Staat, dafür arbeitete sie nur noch in Teilzeit. Sie nahm Tine mit hinunter in die Metzgerei, dort saß sie dann auf einem Schemel im Hinterzimmer oder durfte mithelfen, Bratwürste zu machen und die Farce für die Leberpastete anzurühren.

Unsere Mutter und die Frau des Metzgers und der Metzger selbst nannten Tine zumeist nur »die Kleine«, bis ich zur Welt kam.

– Was macht die Kleine denn, will die Kleine vielleicht eine kleine Wurst?, sagten sie und steckten damit die Kunden an, die sich weit über die Theke beugten:

– Was sagt sie da, die Kleine? Fährt die Kleine dieses Jahr in den Sommerurlaub?

– Mama und ich bleiben zu Hause, nur wir zwei, sagte Tine und nickte mit dem kleinen Kopf, und die Kunden nickten zurück:

– Das hört sich ja prima an.

Aber als Tine fünf Jahre alt war, wurde ich geboren, und von da an war alles anders:

– Das kann doch die Große machen. Die Große geht bestimmt gerne Wechselgeld holen.

Tine nickte und ging.

Zufällig hieß mein Vater auch Birger. Er kam aus Fuglse und hätte unsere Mutter vielleicht gerne geheiratet. Aber das hatte keinen Sinn, denn er war von einer bemerkenswerten Blödheit, und außerdem konnte er keinen zusammenhängenden Satz zu Papier bringen.

– Das ganze Schriftliche hast du von mir, sagte unsere Mutter, als ich mit meinen ersten Sätzen am Esstisch in unserer Wohnung im Syltholmspark saß. Dorthin zogen wir, als ich sechs Jahre alt war. Unsere Mutter fuhr jeden Tag mit dem Fahrrad zur Metzgerei und wieder zurück, wodurch sie abnahm und attraktiver wurde. Nicht, dass das eine Rolle gespielt hätte.

Eines Nachts wurde Tine davon geweckt, dass unsere Mutter in der Wohnung umherging. Tine stand auf und sah, wie unsere Mutter in der Tür zum Wohnzimmer lehnte, mit einer Zigarette in der Hand, das lange Haar offen. Sie trug ihren Morgenmantel. Tine wollte zu ihr gehen, doch da ging unsere Mutter auch schon ins Wohnzimmer hinein und versetzte dem Ficus einen kräftigen Tritt, so dass er beinahe umkippte. Ein wenig Erde rieselte auf den Fußboden. Tine sah zu, dass sie schnell wieder ins Bett kam.

Am Tag darauf saßen wir draußen auf der Terrasse und frühstückten. Die Sonne schien, und es war völlig windstill. Unsere Mutter blätterte in einer Illustrierten, die Seiten raschelten. Tine bemerkte, dass sie ihre Fußnägel lackiert hatte.

– Du bist eine sehr, sehr gute Mutter, sagte Tine.

– Findest du, Tine? Ich weiß ja nicht.

– Ich glaube, niemand sonst hat eine so gute Mutter.

– Das hast du schön gesagt.

– Bist du nicht auch froh, dass du so eine gute Mutter bist?

Unsere Mutter sah Tine über die Illustrierte hinweg an, sie runzelte die Stirn:

– Stimmt was nicht?

– Nein, nein.

– Na, dann sei still und iss dein Käsebrot.

Frau Lund kam zu Besuch, zusammen mit Bo Lund, der fünf Jahre älter war als Tine und auf ihrer Fensterbank saß und rauchte, während ich mit meinen Puppen spielte. Tine durfte auch einmal an der Zigarette ziehen. Ihr wurde schwindlig, sie war plötzlich ganz weiß im Gesicht und öffnete das Fenster und spuckte nach draußen. Bo Lund holte ihr ein Glas Wasser.

– Im Wohnzimmer gibt es Kaffee und Kuchen, sagte er.

Tine war überhaupt nicht nach Essen zumute. Sie lag mit einem Kissen über dem Kopf auf ihrem Bett. Bo Lund und ich gingen hinüber und setzten uns an den Kaffeetisch, es gab Torte und auch Kekse, und Bo Lund bekam eine große Tasse Kaffee, ich selbst trank Milch.

– Bo hat übrigens mit dem Rauchen angefangen, sagte Frau Lund. – Das wirkt so beruhigend.

– Wie schön, sagte unsere Mutter und schnitt sich ein weiteres Stück Torte ab.

– Zuerst schmeckt es scheiße, aber dann gewöhnt man sich dran, sagte Bo Lund.

– Ja, so ist das, sagte unsere Mutter.

– Na, na, übertreib's mal nicht, Bo, sagte Frau Lund.

Ich ging zurück zu meinen Puppen. Tine war noch immer schlecht, sie ging ins Wohnzimmer und legte sich aufs Sofa, mit den Füßen auf dem Schoß unserer Mutter. Unsere Mutter breitete eine Decke über sie, und Tine schlief ein, schlief tief und fest und träumte von Seegras und wilden Tieren und Getreidehalmen, die im Wind wogten. Als sie aufwachte, waren ihre Haare nass von Schweiß. Sie blieb mit geschlossenen Augen liegen, am Couchtisch klirrten noch immer die Kaffeetassen.

– Meine Mutter wäre morgen fünfundfünfzig geworden, sagte unsere Mutter.

– War sie wirklich noch so jung?

– Ja, sie war neununddreißig, als sie starb.

– Das ist ja beinah unser Alter.

– Ja, da fehlt nicht mehr viel.

– Man muss das Leben eben einfach genießen.

– Das können wir ja zum Glück ganz gut.

Dieser eine Satz ging Tine nicht mehr aus dem Kopf, das ist ja beinah unser Alter, sie konnte sich auf der ganzen Welt nichts Schlimmeres vorstellen, als dass unsere Mutter starb. Sie fing an zu weinen. Wie im Schlaf drehte sie sich um, die Tränen liefen aufs Sofa hinab, sie zog sich die Decke über die Ohren, und die Stimmen von Frau Lund und unserer Mutter klangen nun dumpf, wie durch Watte. Sie hörte jetzt gar nicht mehr zu, was sie sagten, sie brauchte all ihre Kraft, um möglichst lautlos zu weinen. Schließlich musste sie aber doch aufgeben und gewaltig schniefen, und unsere Mutter hob behutsam die Decke an:

– Ich glaube fast, Tine hat sich erkältet.

– Das ist das Wetter, sagte Frau Lund. – Zuerst schwitzt man, und dann friert man sich beinah zu Tode.

– Ach ja, ach ja, sagte unsere Mutter.

24

Tine war vierzehn und wollte von zu Hause ausziehen. Sie hatte gehört, dass man in der Lindsgade für wenig Geld ein Zimmer mieten konnte, und außerdem verdiente sie jeden Monat eine ganz hübsche Summe im Rødbygård, wo sie in der Kantine abspülte. Das komme überhaupt nicht in Frage, sagte unsere Mutter. Zum einen bräuchten wir sie doch hier zu Hause, wer sollte denn sonst die guten Hacksteaks braten und jeden Nachmittag mit mir Hausaufgaben machen? Unsere Mutter verstand nichts von Mathematik. Außerdem sei es viel zu einsam, so ganz allein in einer Wohnung, sie wisse, wovon sie spreche.

Tine und ich spitzten die Ohren.

– Warst du einsam, bevor du uns bekommen hast?, fragte ich.

– Das kannst du aber glauben. Ich war so einsam, dass ich einen ganzen Monat lang mit einem Splitter im Fuß rumgelaufen bin.

– Konntest du ihn nicht rausziehen?

– Nein, ich bin nicht drangekommen. Damals hätte ich wirklich eine von euch brauchen können.

– Warum bist du nicht zum Arzt gegangen?, fragte Tine.

– Ach was, mit so was geht man doch nicht zum Arzt.

– Ich komme einfach nach Hause, wenn ich mir einen Splitter einreiße.

– Du bleibst hier, Tine, sagte unsere Mutter, und Tine murrte zwar kurz, sah aber doch ganz erleichtert aus.

Unsere Mutter ging in die Küche, um uns Brote zu schmieren. Sie kam mit den Broten auf einem Teller zurück und setzte sich wieder. Es war Graubrot mit Wurst, nicht gerade das, was wir uns erhofft hatten. Doch an dem Abend maulten wir gar nicht, es kam nicht so oft vor, dass wir so mit unserer Mutter beisammensaßen und redeten.

– Warum haben wir keinen Vater?, fragte ich.

– Habt ihr doch. Und das wisst ihr doch auch. Jede von euch hat ihren eigenen Vater.

– Warum kennen wir sie nicht?

– Das weiß ich ehrlich gesagt nicht, Jane. – Darüber habe ich nie so recht nachgedacht. Würdest du deinen Vater denn gerne kennenlernen?

– Nö. Ich glaube nicht.

– Ich würd das auf keinen Fall wollen, sagte Tine. – So ist es viel besser.

– Das finde ich auch, sagte unsere Mutter.

– Aber bekommen wir irgendwann einen neuen Vater?, fragte ich.

– Nein, niemals.

– Aber was, wenn du einen Mann findest?

– Wo sollte ich den denn finden? Und wenn, dann passiert das erst, wenn ihr erwachsen seid. Das verspreche ich euch. Wollt ihr noch was essen?

– Nein danke, sagten wir beide, aber unsere Mutter war schon vom Sofa aufgestanden und auf dem Weg in die Küche, kurz darauf kam sie mit zwei weiteren Wurstbroten für uns und zwei für sich selbst zurück. Sie wandte sich wieder ihrer Illustrierten zu, und obwohl wir satt waren, sagten wir nichts, auch Tine nicht, wir nahmen jede eine Scheibe Brot und kämpften uns durch, kauten und schluckten.

Tine fuhr nach Odsherred ins Schullandheim und war völlig verändert, als sie nach Hause kam. Sie hatte Geschenke dabei, eine Keramikvase für unsere Mutter und für mich gestreifte Socken, unsere Mutter lobte sie dafür in den höchsten Tönen. Tine wirkte so fröhlich, die Augen funkelten, und ihre Haare waren noch heller geworden, sie hatten sie sich dort mit Kamillentee und Essig gespült.

– Gab es da denn kein normales Wasser?, fragte unsere Mutter und lächelte, und Tine lächelte zurück:

– Bist du behämmert, Mann, wir waren doch auch baden. Es war so heiß.

Unsere Mutter bekam ganz schmale Lippen wegen des neuen Ausdrucks, den Tine bis Weihnachten beharrlich benutzte.

Sie hatte jetzt einen Freund, Per Hansen aus der Parallelklasse, er wohnte in der Wohnung über der Sparkasse, und unsere Mutter kannte natürlich seine Eltern. Sie nahmen immer den mageren Schinkensalat. Der Vater war Beamter und die Mutter Hausfrau, unsere Mutter schlug ganz überraschend vor, Tine solle Per Hansen doch schon für den nächsten Tag zum Abendessen einladen.

– Also morgen?, fragte Tine.

– Ja, ich könnte Speckpfanne machen.

– Ich glaub, ich möchte damit lieber noch ein bisschen warten.

– Wie du meinst.

Doch als Tine mich am Tag darauf vom Hort abholte, war Per Hansen dabei. Seine Schuhe waren ganz ausgetreten, aber er hatte ein freundliches Lächeln. Die Arme schlackerten, und seine Stimme war ein wenig rau. Wir gingen alle drei nebeneinander auf dem Gehsteig, er alberte mit mir herum und warf mir einen Limodeckel vor die Füße. Tine hörte gar nicht mehr auf zu lachen. Als wir in die Syltholmsgade einbogen, hielten sie Händchen, und ich ging lieber ein Stück hinter ihnen, bis Per Hansen sich umdrehte und mich heranwinkte.

– Bist du behämmert, Mann, du brauchst doch nicht alleine hinter uns hertrotten. Komm doch her, sagte er.

Eigentlich mochte Tine überhaupt keinen Tee, aber als wir nach Hause kamen, kochte sie eine große Kanne. Wir saßen zu dritt am Tisch in der Küche, Tine schaltete das Transistorradio ein, und als ein altes Seemannslied gespielt wurde, drehte sie es laut auf. Sie sagte zu mir, ich solle jetzt rübergehen und Hausaufgaben machen, also tat ich das. Die Musik lief noch eine Weile weiter, Tine lachte die ganze Zeit, dann wurde es still, und ich hörte nur noch ab und an ihre Stimmen. Um kurz vor halb fünf, um die Zeit, zu der unsere Mutter normalerweise nach Hause kam, fiel die Wohnungstür ins Schloss. Ich stand von meinem Schreibtischstuhl auf und sah Per Hansen unten über den Parkplatz laufen. Ich konnte hören, wie Tine in der Küche noch schnell alles wegräumte. In dem Moment tauchte unsere Mutter mit ihrem schwarzen Fahrrad hinter dem ersten Block auf. Sie nickte, als sie an Per Hansen vorbeifuhr, stieg ab und brachte das Rad in den Keller. Als sie wieder heraufkam, öffnete ich das Fenster und rief ihr zu:

– Hallo Mama.

– Hallo Jane.

Sie hob ihre Stofftasche in die Höhe und lächelte:

– Heute gibt's Dellen. Ich hab vierzehn Stück dabei.

Unsere Mutter erwähnte mit keinem Wort, dass sie Per Hansen begegnet war. Sie packte ihre Tasche aus, zog sich um und fing an, Kartoffeln zu schälen, Tine half mit und deckte sogar freiwillig den Tisch. Sie erzählte eine lange Geschichte über einen ihrer Lehrer, und sie lächelte und sprach ganz gesittet, abgesehen von einem einzigen kurzen Augenblick während des Essens, als unsere Mutter nach der Schüssel griff.

– Kannst du nicht *Frikadellen* sagen, Mama? Das andere klingt wirklich dämlich.

Von da an kam Per Hansen regelmäßig zu uns nach Hause, auch wenn unsere Mutter da war. Sie mochte ihn sehr gerne, mal abgesehen von seinen ausgetretenen Schuhen. Aber im November bekam er neue, und so bestand von ihrer Seite überhaupt kein Grund mehr zur Klage, dafür war Tine wieder ziemlich übellaunig geworden:

– Können wir nicht rausgehen, Per? Ich hab keine Lust, hier zu sitzen und die Wand anzustarren. Mir ist langweilig.

Oder eines Abends, als unsere Mutter sagte, sie überlege, Per zu Weihnachten einen Atlas zu schenken:

– Ach was, warum das denn? Ich denk mir schon irgendwas für ihn aus.

Und an Weihnachten war er dann nicht mehr ihr Freund. Tine wirkte ganz erleichtert, sie fing wieder an, im Badezimmer zu singen, und sie wünschte sich zu Weihnachten ausschließlich Geld, denn jetzt wollte sie auf ein Moped sparen, um im nächsten Sommer zum Baden nach Kramnitze fahren zu können, sie müsse unbedingt ein paar neue Gesichter sehen. Daraus wurde dann doch nichts, aber am Weihnachtsabend bekam sie bei Herrn und Frau Lund immerhin dreihundertfünfzig Kronen, davon ganze einhundertfünfzig in einem blauen Kuvert von Bo. Sie riss die Augen auf, als sie das viele Geld sah:

– Ist das von dir, Bo? Bist du behämmert, Mann.

Bo blickte zu Boden und räusperte sich, doch da erhob sich Herr Lund für dieses eine Mal aus seinem Sessel, es wurde ganz still im Wohnzimmer, und er ging zu Tine hinüber und legte ihr eine Hand auf die Schulter:

– Warum sagst du nicht einfach ganz normal Danke, Tine? Es gibt keinen Grund, es auf diese Art und Weise zu sagen.

25

Unsere Mutter fuhr ein Fahrrad der Marke Jönsson. An einem Nachmittag im Juni hatte sie auf der Landstraße zwischen Rødby und Rødbyhavn einen Platten. Sie war gerade auf dem Heimweg von der Arbeit. Zuerst versuchte sie noch weiterzufahren, doch es holperte zu sehr. Sie stieg ab und begann zu schieben. Es waren vier Kilometer bis nach Hause, sie spürte den lauen Wind im Gesicht und auf ihren nackten Armen. Sie hatte eine Hemdbluse an und schwitzte unter den Achseln.

Die Lerchen sangen. Die Kette an ihrem Fahrrad schepperte. Sie wollte es bei Sørensen in der Havnegade abgeben, dann würde sie es gleich am nächsten Morgen wieder abholen können. Ein Bus mit Tagesausflüglern kam ihr entgegen, sie blieb stehen und blickte, als der Bus vorbeifuhr, hinauf in die Gesichter. Eines erkannte sie wieder, es gehörte einem Mann mit einem runden Kopf, sie waren vor langer Zeit zusammen zur Schule gegangen. Sie schaffte es gerade noch, ihm zuzuwinken, und sein Gesicht hellte sich auf und er winkte zurück, er hatte sie ebenfalls erkannt.

Sie stand da und schaute dem Bus nach und lächelte. Als sie weiterging, trat sie auf etwas Hartes. Es war ein Ohrring, den sie irgendwann im Februar auf dem Heimweg von der Arbeit verloren hatte, sie hatte seitdem nach ihm gesucht. Er war nicht einmal beschädigt.

– Was für ein glücklicher Zufall, sagt sie laut zu sich selbst und steckte den Ohrring in die Tasche ihres Jeansrocks und atmete tief ein, sie konnte Gras riechen und Pferde, aus dem leeren Fahrerhäuschen eines Traktors wehte Musik herüber.

Beim Hof hinter dem Tredje Tværvej hatte sich ein Widder in seiner Vertäuung verheddert, unsere Mutter stellte ihr Rad an den Straßenrand und bekam den Widder frei, indem sie ihn mit einer Handvoll Löwenzahnblätter wieder und wieder im Kreis herum lockte. Leise singend kehrte sie zu ihrem Fahrrad zurück, die Holunderblüten in dem kleinen Wäldchen hinter dem Ortsschild überwältigten sie geradezu, sie stellte ihr Rad in den Fahrradständer vor Sørensens Laden und streckte ein lächelndes Gesicht zur Tür hinein:

– Meinst du, du kannst bis morgen früh meinen Reifen flicken?

– Für dich tue ich doch alles, Henriette, du siehst heute blendend aus.

Der Rest des Wegs war auch nicht der Rede wert, sie war so ungewöhnlich leichtfüßig heute, sie warf sich ihre Stofftasche über die Schulter und kaufte bei dem alten Krämerladen Eis für uns, Tine und ich lagen auf unseren Gartenliegen auf der Terrasse, und dann war sie plötzlich da, stand mit einem lächelnden und ganz fremden, offenen Gesicht in der Tür, schnell setzten wir uns auf:

– Stimmt was nicht, Mama?

– Ist was passiert? Du siehst ganz komisch aus.

Sie schien in sich zusammenzufallen. Dann nahm sie das Eis aus ihrer Stofftasche, ihr Gesicht sah wieder aus wie immer:

– Nö. Nichts ist passiert. Was hätte auch passieren sollen?

26

Nachdem Tine auf der Fähre angefangen hatte, war ich immer öfter mit unserer Mutter allein. Wir entwickelten eine Vorliebe für schwierige Kreuzworträtsel, fast jeden Abend lösten wir gemeinschaftlich ein oder zwei. Stundenlang saßen wir dann über den Couchtisch gebeugt da, bis eine von uns Rückenschmerzen bekam und in die Küche ging und Kaffee kochte. An anderen Abenden lasen wir. Wir hatten denselben Geschmack. Es sollte möglichst von Menschen handeln, die es schwer hatten.

– Schau mal, das hier, das ist doch was für uns, sagte unsere Mutter einmal in der Bibliothek und las laut aus dem Klappentext vor:

– Die Geschichte einer Familie, die alles verliert.

Der Donnerstag war anders, da lasen wir gemeinsam Illustrierte und aßen Rosinenzopf oder Marmorkuchen, den sie auf dem Heimweg von der Arbeit gekauft hatte. In ihrem Schaukelstuhl konnte unsere Mutter völlig in einer dieser Zeitschriften versinken. Einmal stand sogar eine Weihnachtsdekoration in Flammen, während sie direkt daneben saß und las. Das Feuer hatte schon beinahe die Gardine erreicht, als ich mit dem Tablett mit unserem Abendkaffee hereinkam und sie da im Schein der Flammen sitzen sah. Zuerst fiel mir nur auf, wie schön das Licht im Wohnzimmer war. Doch dann fing ich an zu schreien, und unsere Mutter sprang aus ihrem Schaukelstuhl auf. Sie griff resolut nach dem brennenden Gesteck, lief damit in die Küche und warf es ins Spülbecken.

Danach waren lauter Wachsflecken auf dem Fußboden, und wir machten uns daran, sie mithilfe von Kaffeefiltern und dem Bügeleisen zu entfernen. Mitten in der Reinigungsaktion kam Tine nach Hause:

– Was soll das denn werden?

Wir kamen gar nicht dazu, zu antworten, bevor sie eine große Tüte voller Bruch auf dem Couchtisch ausleerte, eine Flut von Quality Street und Lakritzkonfekt:

– Schaut mal, was ich mitgebracht habe. Da ist auch eine neue Augencreme für dich dabei, Mama.

– Das klingt gut, Tine. Hattet ihr viel zu tun heute?

– Und wie. Ich bin vollkommen fertig. Hast du deine Hausaufgaben gemacht, Jane?

Tine wachte inzwischen streng darüber, dass ich auch ja immer meine Hausaufgaben machte. Das ging mir auf die Nerven, aber ich sagte nichts. Manchmal bestand sie darauf, mir zu helfen. Dann tat ich so, als wäre es ein bisschen schwerer, als es in Wirklichkeit war. Tine war der festen Überzeugung, dass ich nach der neunten Klasse aufs Gymnasium gehen sollte. Danach könnte ich eine lange Ausbildung machen und eine Menge Geld verdienen, und dann würden wir es uns bestimmt auch leisten können, zu dritt für zwei Wochen nach Zypern zu fahren.

– Warum in aller Welt sollten wir nach Zypern fahren?, fragte unsere Mutter.

– Na dann eben nach Österreich. Ist mir vollkommen egal. Einfach irgendwohin, wo es ein bisschen Sonne gibt.

– Wie sollte ich denn in Rødbyhavn eine Menge Geld verdienen können? Hier verdient niemand viel Geld, sagte ich.

– Du müsstest dann eben woanders wohnen.

– Das ist doch nicht dein Ernst.

– Ich könnte ja einfach mit dir umziehen. Unsere Mutter kann auch mitkommen.

– Ich ziehe nicht weiter um als bis nach Rødby, sagte unsere Mutter.

– Herrje, seid ihr vielleicht blöd.

Die Tradition meiner Zuhauseabende mit unserer Mutter setzte sich fort, auch dann noch, als ich ein paar Jahre später auf dem Gymnasium anfing. Ich war mir sicher, dass sie meine Gesellschaft genoss. Dennoch fragte sie mich an einem Samstagnachmittag, ob ich denn nie zu irgendwelchen Feiern gehen wolle.

– Marianne Hansen war gestern da und hat vier Kilo Hackfleisch gekauft. Sie meinte, sie würde für die ganze Klasse Frikadellen machen.

Das wusste ich natürlich, meine Aufgabe wäre es gewesen, den Kartoffelsalat mitzubringen, aber ich hatte am selben Morgen abgesagt, unter dem Vorwand, ich würde mit Tine nach Kopenhagen fahren.

– Und was höre ich da, von wegen du und Tine wollt nach Kopenhagen?

– Das war nur so eine Idee von Tine. Aber dann hat sie ja die Vormittagsschicht bekommen.

– Jane, weißt du was? Es wäre bestimmt gut für dich, zu dem Fest zu gehen.

– Jetzt hab ich schon abgesagt.

– Das kannst du doch wieder rückgängig machen. Du darfst auch meine blaue Bluse mit den Puffärmeln anziehen.

Drei Stunden später stand ich mit frischgewaschenen Haaren in der Toilette an der Bushaltestelle und zog mich um, die blaue Bluse unserer Mutter hatte schon seit ein paar Jahren ihre beste Zeit hinter sich, aber ich hatte sie nicht verletzen wollen. Als der Bus vor mir zum Stehen kam, zwang ich mich einzusteigen. Ich setzte mich ganz hinten hin, die Plastiktüte zwischen meinen Beinen. Der Bus fuhr zuerst zum Fährhafen, und da sah ich Tine inmitten einer Schar laut lachender und rufender Leute, die um ein geparktes Auto herumstanden. Ich klopfte an das Busfenster, was aber kaum zu hören war, und dann stieg ich aus und ging zu ihr hinüber, sie schien ganz verwirrt, als sie mich sah.

– Jane, was machst du hier? Wo willst du denn hin?

– Heute ist Klassenfest. Aber ich hab eigentlich keine große Lust.

– Na, dann komm doch mit uns mit. Wir wollen zu Pferd nach Hause und gekochten Hering essen. Meine Schwester kommt mit, sagte sie und blickte in die Runde, und alle nickten, Kim Andersen schüttelte eine Zigarette aus seiner Schachtel und hielt sie mir hin:

– Zigarette?

– Nein danke.

– Sehr vernünftig. Bist du nicht die, die immer draußen an der Mole angelt?

– Ach was, das hab ich nur ein einziges Mal gemacht.

– Tine hat erzählt, du hast so einen Riesenoschi gefangen.

Unsere Mutter hatte mich einmal in den Sommerferien gefragt, ob ich nicht mit Bo Lund zum Angeln gehen könne. Er hatte bei einem Singwettbewerb am Telefon eine Angel gewonnen, und ich hatte Ja gesagt, weil mir die Tage Anfang August allmählich ein wenig lang wurden. Wir hatten große Fresspakete und jeder seine Thermoskanne dabei,

Bo trabte in seinen Holzschuhen munter vorneweg, die Angelrute über der Schulter, doch dann stolperte er mitten auf der Mole und knickte um. Es tat schrecklich weh, das konnte ich ihm ansehen, und wenig später, als wir die Wattwürmer auf die Angelhaken spießen mussten, fürchtete ich, er könne einen Nervenzusammenbruch bekommen.

– Das mach ich nicht, das stinkt nach Blut, rief er, und ich setzte ihn auf einen großen Stein und suchte in seinem Rucksack nach einer Zigarette für ihn. Er beruhigte sich wieder und saß da und winkte den Passagieren oben auf dem Deck der Dänemark zu, sie winkten zurück, und dann winkte ich ebenfalls, und später warf ich ein einziges Mal die Schnur aus und hatte gleich einen riesigen Aal am Haken, bevor wir uns schließlich nach Hause schleppten.

Ich ging mit Tines Leuten über die Brücke hinter dem Danhotel. Sie wollten nun doch zuerst zu Majbritts Eltern gehen und dort ein bisschen Apfelwein trinken. Es dröhnte unter unseren Füßen, und ich sah den Bus abbiegen und auf dem Færgevej verschwinden. Jetzt würde das Klassenfest doch ohne mich stattfinden, ich merkte, dass ich es ein klein wenig bereute, doch Tine hakte sich bei mir unter:

– War ja auch höchste Zeit, dass wir zwei mal zusammen ausgehen.

– Ja.

Aber mir war klar, dass ich wieder nach Hause gehen würde, noch bevor wir Majbritts Elternhaus erreichten, ich war mit ihrer kleinen Schwester in eine Klasse gegangen, und es schien mir vollkommen unpassend, jetzt in diesem Haus aufzutauchen und Apfelwein zu trinken. Ich sagte es Tine draußen im Vorgarten:

– Ich geh doch lieber nach Hause zu unserer Mutter.

– Bist du sicher, Jane? Na ja, wie du willst.

– Bis später.

– Ja, bis später.

Unsere Mutter saß vor dem Fernseher. Ich sagte, ich hätte den Bus verpasst, aber dann hätte ich Tine und ihre Freunde getroffen und ein bisschen mit ihnen geredet. Sie hätten mich auch zu gekochtem Hering eingeladen, aber das sei ja nicht wirklich was für mich, und deshalb wären wir nur zusammen den Brovej langgegangen. Unsere Mutter war froh, einen aktuellen Bericht über Tines Tun und Treiben zu bekommen, sie fragte überhaupt nicht nach dem Bus, der mir davongefahren war. Sie kochte Kaffee und schmierte Brote, und wir schauten uns einen Film über einen Flugzeugabsturz an. Erst als ich mich später in meinem Zimmer auszog, bemerkte ich, dass ich die blaue Bluse unserer Mutter nicht wieder angezogen hatte, bevor ich nach Hause kam. Sie lag noch immer in der Plastiktüte, aber unsere Mutter hatte nichts gesagt, dabei war ich mir sicher, dass es ihr aufgefallen war. Ich lag die halbe Nacht wach. Ich konnte es einfach nicht aushalten, weder meinen eigenen Betrug noch das Gefühl, das er womöglich hervorgerufen hatte. Die Wahrheit musste durch das Wohnzimmer gedröhnt haben, während wir dasaßen und unseren Kaffee tranken.

27

Tine war dreiundzwanzig und wohnte bereits seit einer Weile in der Wohnung im Königskarree. In ihrem alten Zimmer stand jetzt ein Gästebett, damit sie jederzeit zum Schlafen nach Hause kommen konnte. Doch nach und nach landete immer mehr Kram und Krempel in dem Raum. Jetzt gab es keinen Grund mehr, mit den leeren Rote-Bete-Gläsern bis in den Keller hinunterzugehen, und auch das Bügelbrett konnte aufgebaut herumstehen, ohne jemanden zu stören. Unsere Mutter nahm Ableger von ihren Pflanzen und stellte sie dort drinnen auf die Fensterbank, Tine beschwerte sich, als sie es sah:

– Was ist das denn für ein Treibhaus?

– Wir können den Raum doch genauso gut auch nutzen, sagte unsere Mutter.

– Ja, natürlich. Bin ja bloß ich.

Tine war nach Hause gekommen, um mit uns gelbe Erbsen zu essen. Die ganze Wohnung roch nach Thymian. Es war Sonntag, und am nächsten Morgen stand meine schriftliche Abiturprüfung in Dänisch an. Tine hatte mir von der Fähre Traubenzucker mitgebracht:

– Wenn dir die Energie ausgeht. Ich werde alles drücken, was ich habe.

Wir aßen in der Küche. Unsere Mutter hatte sowohl Bratwürste als auch Schweinespeck gebraten. Dazu tranken wir dann auch noch Bier und Schnaps, unsere Mutter bekam ganz rote Wangen, und Tines Lachen wurde lauter und lauter. Sie erzählte von einer Kollegin aus der Parfümerie, der ausgerechnet in dem Moment, als sie auf Deck an zwei Italienern vorbeistöckeln wollte, der Absatz abgebrochen war:

– Wir haben es alle gesehen, wir sitzen in der Pause immer oben und sonnen uns.

Am selben Nachmittag hatte Tine während einer Überfahrt im Steuerhaus am Ruder stehen dürfen:

– Das hätte ich ja fast vergessen zu erzählen. Was für eine Aussicht man da hat.

– Solltest du dich nicht lieber um deine Arbeit kümmern?

– Es waren nur zehn Minuten. Und Kaj Hansen selbst hat mich gefragt, ob ich Lust hätte.

– Ist er Kapitän?, fragte ich.

– Nein, er ist Steuermann. Er hat wohl eine Schwäche für mich.

– Musst du denn allen Männern schöne Augen machen, sagte unsere Mutter.

– Ich mach niemandem schöne Augen. Ich wollte nur gerne mal ausprobieren, wie es ist, an dem Ruder zu stehen.

– Und, wie war es?, fragte ich.

– Nur weil du selbst nie irgendwas ausprobiert hast, sagte Tine zur unserer Mutter, und ihre Stimme klang sehr gepresst:

– Du hast ja absolut gar nichts ausprobiert.

Später, als wir vom Tisch aufgestanden waren, tat es Tine leid. Unsere Mutter hatte zum Nachtisch Rumcreme gemacht, und als sie die Creme aus dem Kühlschrank nahm und Mandelsplitter darüberstreute, legte Tine eine Hand auf ihre Schulter:

– Tut mir leid, Mama. Ich hab es nicht so gemeint, das weißt du doch.

Unsere Mutter reichte ihr drei Teelöffel:

– Dann reden wir nicht mehr drüber.

Doch die gute Stimmung wollte sich nicht so recht wieder einfinden, Tine war den Rest des Abends still und allzu kleinlaut. Unsere Mutter fragte, ob sie bei uns übernachten wolle, aber sie hatte Frühschicht, und da sei es besser, wenn sie nach Hause gehe. An der Tür wünschte sie mir noch viel Glück:

– Wir sehen uns morgen. Schlaf gut.

Am nächsten Tag ging Tine um Viertel vor zwei von Bord, in ihrer Stofftasche eine ramponierte Schachtel Pflaume in Madeira, zur gleichen Zeit saß ich im Bus, der mich von Maribo nach Hause brachte. Tine ging über den Parkplatz und weiter den Brovej hinunter zum Syltholmspark, sie wollte für mich Kaffee kochen und die Pralinenschachtel auf den Küchentisch legen, für unsere Mutter, wenn sie von der Arbeit heimkam. Doch unsere Mutter war an diesem Tag gar nicht bei der Arbeit gewesen, sie hatte sich unwohl gefühlt und war zu Hause geblieben, und um die Mittagszeit, als sie in die Küche gehen und sich etwas zu essen machen wollte, fiel sie im Flur um und stand nicht mehr auf.

Ich stieg gerade in der Havnegade aus dem Bus, als Tine unserer Mutter, ihrem toten Körper, die Wohnungstür an den Kopf schlug, es machte ein dumpfes Geräusch, und Tine begriff rein gar nichts. Sie saß klein und bleich und mit weit aufgerissenen Augen auf dem Fußboden, als ich in der Tür stand. Sie hatte eine Hand auf die Stirn unserer Mutter gelegt:

– Ich hab sie umgebracht, ich war es, ich hab sie erschlagen.

Aber schon einen Augenblick später wendete sich das Bild, da war ich diejenige, die am ganzen Körper zitterte, die wieder und wieder die Handknöchel gegeneinanderschlug, bis Tine ihre Arme um meine Schultern schlang:

– Warum musste sie auch immer all das verdammte Fleisch essen, sagte sie, und ihre Tränen liefen in den Ausschnitt meiner weißen Bluse.

28

An dem Tag, an dem die Urne unserer Mutter beigesetzt wurde, machte ich Stachelbeerkompott. Ich stand in der Küche im Syltholmspark vor meinem Topf und rührte und rührte. Alle Beeren gingen kaputt. Tine saß am Fenster und rauchte. Sie wohnte den ganzen Sommer über bei mir in der Wohnung und half mir auch mit dem Packen, bevor ich nach Næstved zog. Im Topf blubberte es. Der Geruch der warmen Beeren vermischte sich mit dem Zigarettenrauch. Keine von uns sagte etwas. Auch am Vormittag auf dem Friedhof waren wir ganz still gewesen. Tine stand mit ihren braunen Beinen und den Sandalen an den Füßen am Grab. Ihr Gesicht sah ich gar nicht. Ich sah den Saum ihres flatternden Sommerkleides, die gekiesten Wege, die niedrigen Buchsbaumreihen. Auf dem Weg nach Hause, als wir an der Hafenbäckerei vorbeigingen, legte jemand eine Hand auf meine Schulter. Ich blieb stehen und drehte mich um, Tine blieb ebenfalls stehen. Es war meine alte Englischlehrerin aus der Volksschule. Sie hatte einen grauen Pagenkopf, ihre Hand blieb eine Weile auf meiner Schulter liegen. Sie sagte, sie habe das von unserer Mutter gehört, und dass sie an uns gedacht habe. Sie hatte eine Bäckertüte in der anderen Hand, die Tüte schien schwer zu sein. Vielleicht war darin ein Schwarzbrot oder ein Sandkuchen, wahrscheinlich freute sie sich darauf, nach Hause zu kommen und zu essen. Sie sagte, es sei gut, dass Tine und ich zu zweit waren. Dass wir unbedingt viel miteinander sprechen sollten, darüber, wie es uns ging. Das sei das Einzige, was den Schmerz lindern könne.

Ich klammerte mich an dieses Wort, lindern. Soothe. Wir gingen weiter. Wir sprachen noch immer nicht. Auf einem kleinen Tisch vor Tage Hansens Lebensmittelladen standen Beeren in Pappschachteln. Wir blieben stehen. Tine griff nach meiner Hand. Wir hielten uns fest an den Händen. Tage Hansen kam heraus, nahm zwei Schachteln Stachelbeeren vom Tisch und reichte sie uns. Er wollte kein Geld dafür. Wir redeten ein wenig über das Wetter, die ganze Woche hindurch hatten wir strahlenden Sonnenschein gehabt.

Ich nahm den Topf vom Herd. Wenn jemand unsere Mutter fragte, wie es ihr gehe, erzählte sie, was sie gemacht hatte. Jetzt hatte ich Stachelbeerkompott gemacht. Tine blickte mich an.

DÄNEMARK – DEUTSCHLAND

29

Das Hotel hieß Opera und lag direkt neben einer Baustelle am Stadtrand von Hamburg. Wir kamen erst weit nach Mitternacht dort an, unterwegs hatten wir mehrere Male angehalten, unter dem Vorwand, Cola und Schokolade kaufen zu wollen, doch sobald das Auto vor der Tankstelle stillstand, begannen wir uns zu küssen, und so zog sich die Fahrt in die Länge.

Abel hatte offenbar schon vorher im Hotel Bescheid gesagt, dass ich kommen würde. Er war am selben Nachmittag nach der Arbeit in ein größeres Zimmer umgezogen, die Sporttaschen mit seinen Sachen standen noch immer auf dem Doppelbett. Als wir die Tür hinter uns zugezogen hatten, wurde ich schrecklich verlegen, das Bett knarrte, als ich mich daraufsetzte. Ich konnte sehen, dass es ihm genauso ging, und das half mir ein wenig. Ich stand auf und ging zur Balkontür und zog den Vorhang zur Seite. Die Baustelle war beleuchtet. Ich öffnete die Tür und trat hinaus, der Balkon ging auf beiden Seiten zu den anderen Zimmern hin weiter. Abel kam mir nach. Er legte von hinten seine Arme um mich, der Wind war kalt, und ich lehnte meinen Kopf an seinen Brustkorb, ich konnte spüren, wie er atmete. Er zog mich zurück ins Zimmer und aufs Bett, wir schafften es nicht einmal mehr, die Balkontür zu schließen, aber das machte gar nichts, wir brauchten sie beinahe, die Kälte von draußen.

Am nächsten Morgen musste er um sieben Uhr bei der Arbeit sein. Als es halb vier war, schliefen wir noch immer nicht. Wir lagen ausgestreckt unter einer Decke, die Lampe auf dem Schreibtisch tauchte den Raum in ein gelbes Licht.

– Wie lange kannst du denn bleiben?, fragte er.

– Bis Mittwoch. Am Donnerstag muss ich wieder arbeiten.

– Tagsüber?

– Ja, am Nachmittag.

– Hast du deiner Schwester gesagt, dass du hier bist?

– Ja, sie weiß Bescheid.

– Du kannst sie gern anrufen, wenn du möchtest.

Er deutete mit einem Nicken auf das Telefon auf dem Nachttisch und drehte sich dann ganz zu mir um, sah mir in die Augen.

– Es ist schön, dass du hier bist.

– Ja.

– Ich muss morgen arbeiten.

– Ja, natürlich.

– Du kannst dir ja die Stadt ansehen. Aber du kannst auch einfach hierbleiben, es gibt hier eine Sauna und auch ein Solarium. Hast du genügend Geld dabei?

– Ja, ich habe Geld. Aksel?

– Ja?

– Erzähl mir, warum du hier arbeitest. Warum arbeitest du nicht in Dänemark?

– Es hat sich einfach so ergeben.

– Ist es wegen des Geldes?

– Nein, nicht nur.

– Ja, aber, warum dann? Du vermisst doch sicherlich deine Familie.

– Da gibt es nicht so viel zu vermissen. Ich habe nur einen Bruder und dann meine Mutter und meinen Vater.

– Und die Frau deines Bruders.

– Ja, die auch.

– Was machen sie alle?

– Was du alles wissen willst. Interessiert es dich wirklich?

– Ja. Natürlich.

– Mein Bruder ist auch Elektriker. Und meine Eltern haben einen Blumenladen.

– In Brønshøj?

– Nein, in Rødovre. Sie hatten ihn schon, bevor sie mich bekamen.

– Dann hast du garantiert immer umsonst Blumen bekommen.

Er lächelte:

– Das kannst du glauben. Ich hatte immer und überall Blumen dabei.

– Hast du schon viele Freundinnen gehabt?

– Ein paar. Aber sie waren alle sehr dumm und hässlich.

– Ich hab nicht deswegen gefragt.

– Nicht? Lass uns doch über was anderes reden. Oder nein, vielleicht sollten wir eher versuchen zu schlafen.

– Was war die längste Zeit, die du eine Freundin hattest?

– Also ich hab nun wirklich nicht mitgestoppt, Jane.

Er stand auf und knipste die Lampe auf dem Schreibtisch aus, kam zurück ins Bett, küsste mich und zog die Decke nach oben, bis über unsere Köpfe:

– Lass uns schlafen. Schlaf jetzt.

Am nächsten Morgen hörte ich gar nicht, wie er das Zimmer verließ. Erst gegen Mittag wachte ich auf. Ich ging zum Fenster und zog die Vorhänge zur Seite. Es hatte ein wenig geschneit. Unten auf der Baustelle liefen kleine Männer in orangefarbenen Overalls und hellblauen Helmen herum, all ihre Bewegungen sahen wohldurchdacht aus. Wenn irgendwo zwei nach vorne traten, trat woanders ein anderer vor, und schließlich trafen sich alle drei bei einem Kieshaufen. Die Maschinen lärmten. Ich öffnete die Tür, und das Geräusch wurde lauter, aber ich konnte auch einen Fernseher hören. Das musste aus dem Zimmer nebenan kommen, ich sah, dass die Balkontür nur angelehnt war. Ich hatte nichts an, und die Luft war eiskalt, also ging ich wieder nach drinnen und schloss die Tür hinter mir. Auf dem Schreibtisch stand ein Wasserkocher, ich machte mir eine Tasse Pulverkaffee, danach nahm ich ein langes Bad und cremte mich mit einer Lotion ein, die ich in Abels Kulturbeutel fand.

Ich wurde das Gefühl nicht los, rausgehen zu müssen. Doch ich hatte Angst, mich in der Stadt zu verirren, und ich hatte auch Angst vor der Sprache. Alle Zahlen und Preise konnte ich perfekt aussprechen, aber ich hatte keinerlei Übung darin, auf Deutsch Konversation zu treiben oder auch nur nach dem Weg zu fragen. Am Abend davor, als wir an einer Tankstelle angehalten hatten, um etwas zu trinken zu kaufen, war ich mit hineingegangen, um nach der Toilette zu fragen. Während Abel in einem Regal nach etwas suchte, ging ich zu dem jungen Mann hinter der Theke und lächelte:

– Tschüs, sagte ich.

Der Verkäufer nickte und sah mich fragend an, bis Abel mir zur Hilfe kam:

– Haben Sie eine Toilette, die meine Frau benutzen kann?

Ich wusste, dass kein Weg daran vorbeiführte, ich musste mich nach draußen bewegen. Wenn

Abel fragte, was ich den Tag über gemacht hätte, wollte ich etwas Interessantes antworten können. Ich zählte mein Geld. Ich hatte knapp vierzehn D-Mark und hundertachtundachtzig dänische Kronen.

Ich verließ das Hotel mit raschen Schritten und ging nach rechts, so als hätte ich ein wichtiges Ziel in dieser Richtung. Von der Baustelle pfiff mir jemand hinterher, aber ich drehte mich nicht um. Als ich das Ende der Straße erreicht hatte, bog ich wieder nach rechts ab. Ich war noch nicht sehr weit gegangen, als ich feststellte, dass ich mich auf ein Neubaugebiet mit Einfamilienhäusern zubewegte. Ich ging zielstrebig weiter. Am Ende der vierten Wohnstraße erblickte ich zum Glück etwas, das aussah wie eine Ansammlung von Geschäften.

Es war eine Art Arkade mit Klamottenläden, einem großen Supermarkt und einem Bäcker. Ich hatte Hunger. Ich kaufte mir ein Brötchen mit Schinken und aß es, während ich herumging und in die Schaufenster guckte. Danach kaufte ich eine Tüte Mandeln für Tine und für Ditte einen Spielzeughund.

Ich ging durch das Wohngebiet zurück zum Hotel. Es war gar nicht so weit, wie ich geglaubt hatte, es war noch nicht einmal drei Uhr. Ich legte mich aufs Bett und schaltete den Fernseher ein. So lag ich eine Weile da, dann öffnete ich die Balkontür und trat nach draußen. Ich fuhr vor Schreck zusammen, vor der Balkontür des Nachbarzimmers stand ein jüngerer Mann mit nacktem Oberkörper. Um den Hals hatte er einen dicken Schal gewickelt. Er lächelte mich an und hob zwei Finger zum Gruß.

– Tut mir leid, wenn ich dich erschreckt habe, sagte er mit einer rauen Stimme. Er räusperte sich und zeigte auf seinen Hals:

– Halsentzündung. Ich heiße Jens. Ich arbeite auch bei der Firma.

– Bist du auch Elektriker?

Er nickte.

– Gibt ja ganz schön viele Elektriker hier, sagte ich, und dann mussten wir beide lachen. Ich konnte hören, dass es ihm im Hals wehtat, er räusperte sich erneut:

– Ich genieße nur ein bisschen die Aussicht. Ich langweil mich noch zu Tode.

– Bist du schon länger krank?

– Nein, erst seit heute.

Er deutete mit einem Nicken auf die Tür zu seinem Zimmer:

– Willst du vielleicht eine Tasse Kaffee? Aksel ist doch frühestens in einer Stunde wieder da.

– Ähm, ja, gerne.

– Komm doch gleich hier rüber, sagte er, als ich Anstalten machte, durch meine eigene Balkontür hineinzugehen.

Ich war barfuß. Meine nackten Füße hinterließen Spuren in der dünnen Schicht Schnee, die den Balkon bedeckte. Drinnen in seinem Zimmer lag alles wild durcheinander. Es roch auch ziemlich stickig, aber überhaupt nicht unangenehm. Er räumte einen Haufen Anziehsachen vom Sessel und klopfte mit der Hand auf die Sitzfläche:

– Setz dich doch hierher. Tut mir leid, es sieht ganz schön wild aus hier. Woher kommst du denn?

– Rødbyhavn.

– Unten bei der Fähre?

– Nein, aus dem Ort. Aber ich arbeite auf der Fähre.

– Ah, okay. Dann hat Aksel dich wohl da kennengelernt?

– Ja, kann man so sagen.

– Wie alt bist du denn?

– Zwanzig.

– Ich bin dreiundzwanzig, ich bin der Jüngste auf der Baustelle hier. Ich komme aus Ølstykke, weißt du, wo das liegt?

– Nö.

– Ist ja auch vollkommen egal. Oh, dein Kaffee.

– Du brauchst nicht extra für mich Kaffee zu machen.

– Na, dann lass ich's. Und worüber sollen wir jetzt reden?

– Keine Ahnung.

Wir lachten. Wegen seiner Halsentzündung versuchte er, geräuschlos zu lachen. Er lächelte viel mit den Augen, das mochte ich gerne. Sein Gesicht war ziemlich breit und der Oberkörper kräftig und muskulös.

– Ich kann nicht mal rauchen, es tut einfach zu weh, sagte er. – Aber dann gibt es eben Cola und ein paar Erdnüsse.

Er nahm zwei Coladosen aus dem Schrank und öffnete sie, holte ein Wasserglas aus dem Badezimmer, schenkte ein und reichte mir das Glas.

– Keine Angst, es ist sauber.

– Danke.

Ich trank. Dabei schaute er mich von seinem Platz am Fußende des Betts ganz offen und ungeniert an. Er hatte etwas sehr Jungenhaftes und Unschuldiges an sich. In seiner Gegenwart fühlte ich mich ganz und gar geborgen. Er hielt mir eine Schale mit Erdnüssen hin, und wir saßen einfach nur da und kauten, ohne etwas zu sagen, aber es wirkte gar nicht peinlich. Die Balkontür stand einen Spalt breit offen, und ich spürte den Zug an meinen Füßen. Ich rieb sie aneinander.

– Ist dir kalt?

Er bückte sich nach der Decke auf dem Fußboden und legte sie über meine Beine.

– Wie lange bleibst du denn?

– Ich gehe gleich wieder.

– Nein, ich wollte wissen, wann du nach Dänemark zurückfährst.

– Ach so. Vielleicht erst Donnerstag früh.

– Bist du sehr verliebt in ihn?

– In wen? Aksel? Ja, schon.

– Hört sich ja auch ganz so an.

Unten auf der Baustelle lärmte jetzt ein Betonbohrer. Er sah zur Balkontür hinüber, stand auf und machte sie zu. Er setzte sich wieder aufs Bett.

– Na dann, prost. Schön, ein bisschen Gesellschaft zu haben.

– Hat Aksel eigentlich erzählt, dass ich komme?

– Nö. Ich hab dich gestern auf dem Balkon gesehen.

– Ach so.

Ich nahm ein paar Erdnüsse. Ich spürte, wie mein Gesicht heiß wurde. Ich musste daran denken, dass Abel und ich in der Nacht zuvor die Balkontür nicht ganz zugemacht hatten.

– Das ist ja eine ganz schöne Baustelle da unten, sagte ich.

– Es ist einfach nur eine Baustelle.

– Ja, aber eine große. Was wird es denn?

– Keine Ahnung. Vielleicht soll es auch einfach eine Baustelle bleiben.

– Also eine Bau-Baustelle.

Wenn er lachte, bewegte sich der ganze Brustkorb, er war beinahe dreieckig. Etwas Cola schwappte aus der Dose in seiner Hand.

– Na. Dann sollte wohl jeder von uns ein bisschen was von sich erzählen. So macht man das doch, oder?, sagte er.

Als ich in Abels Hotelzimmer zurückging, schwirrte mir der Kopf. Ich hatte mich gerade aufs Bett gelegt, als er kam. Er setzte sich auf die Bettkante und küsste mich:

– Hast du einen schönen Tag gehabt?

Ich nickte.

– Ich hab einen Spaziergang gemacht und mir die Stadt angesehen.

– Hast du Hunger?

– Nö. Nicht richtig.

– Heute Abend gehen wir essen. Ich weiß schon, wo wir hingehen.

– Das klingt gut.

– Ich komme vorher nur noch schnell zu dir ins Bett.

Um kurz nach sieben verließen wir das Hotel. Alle Straßen und Gehsteige waren geräumt worden, aber an vielen Stellen war es glatt. Ich hatte mich mit den rosa Lederstiefeln noch nicht so recht angefreundet. Oben am Schaft waren sie ganz steif. Ich hatte auch das Gefühl, dass sie Abel nicht gefielen. Er hatte seine Hand auf meine Schulter gelegt. Ich fühlte mich viel zu klein neben ihm. Und auch mit meiner Stimme war etwas nicht in Ordnung, was ich auch tat, sie klang einfach nicht natürlich. Sie hatte etwas aufgesetzt Kleinmädchenhaftes, und ich glaube, er bemerkte es auch. Irgendwann kamen wir an einem Sportgeschäft vorbei, in dessen Schaufenster ein Ball auf einem beleuchteten Spielfeld hin und her rollte.

– Schau mal, der Ball, sagte ich mit schriller Stimme und wollte stehenbleiben, aber er zog mich gleich weiter, noch immer mit der Hand auf meiner Schulter:

– Entspann dich, ist doch nur ein Ball, sagte er.

Auch später im Restaurant war ich ihm zu laut. Ich hatte einen Fischteller bestellt und so etwas wie Schollenfilets mit Krabben erwartet. Aber dann brachte mir der Kellner eine Platte, so groß wie der halbe Tisch, auf der in einem hübschen Muster alle möglichen Sorten Fisch und Schalentiere angerichtet waren. Ich gab einen lauten Ton von mir. Es klang wie:

– Hwish.

Abel legte einen Finger auf seine Lippen. Ich lächelte ihn an, doch er lächelte nicht zurück. Er beugte sich über seine Pastete. Ich sah mich im Restaurant um, auch an anderen Tischen saßen Paare. Sie saßen da und kauten Salatblätter oder schnitten Fleisch, ohne miteinander zu sprechen. Sie ließen ihre Blicke über die Schulter des anderen hinweg durch den Raum schweifen. Es war wirklich kein Paar darunter, das sich unterhielt. Abel hob sein Glas, ich sah ihn an, während er trank. Er nickte mir zu. Ich beugte mich ein wenig zu ihm vor.

– Es ist wirklich traurig, dass die Leute aufhören, im Restaurant miteinander zu reden, sobald sie verheiratet sind, sagte ich.

Jetzt hatte meine Stimme einen ganz neuen Klang bekommen, ich hörte mich nicht mehr wie ein kleines Mädchen an. Ich konnte sehen, dass Abel die Ohren spitzte.

– Meinst du nicht, dass sie einfach nur ihr Essen genießen?

– Kann schon sein. Aber es ist trotzdem traurig.

– Findest du? Warum denn?

Ich zuckte mit den Schultern:

– Vielleicht ist das zwangsläufig so. Aber wenn sie dann endlich miteinander sprechen, wirkt es einfach nur noch künstlich. Ich finde das so unglaublich traurig. Ich will niemals so enden.

Er lächelte mich an.

– Und was, wenn du selbst irgendwann viele Jahre verheiratet bist?

– Ich werde nicht heiraten.

– Wirst du nicht?

– Nein. Kein Bedarf, wirklich nicht. Ich habe so viele schlechte Ehen gesehen.

– Hast du? Wo denn?

– Wohin ich auch schaue. Überall.

Ich widmete mich einer Jakobsmuschel. Ich wollte die Diskussion gerne beenden, denn ich wusste nicht richtig, wie ich weiterkommen sollte. Im Grunde wiederholte ich hier nur etwas, das Tine damals gesagt hatte, als sie im Hotel Vogelflug arbeitete:

– Ihr solltet mal all die Ehepaare im Restaurant sehen. Die sitzen einfach nur da und glotzen in die Luft, es ist so was von deprimierend.

– Du kannst ja ganz schön streng sein, sagte Abel zu mir.

Auf dem Weg zurück zum Hotel konnte er keine Sekunde die Finger von mir lassen. Er griff nach meinem Pferdeschwanz und wand ihn um seine Finger und zog mich nach hinten. Küsste mich, bis mein Kiefer schmerzte. Ich setzte beim Gehen einen Lederstiefel vor den anderen, wie ein Model auf dem Laufsteg. Direkt vor dem Hotel trafen wir Jens. Er trug nur ein Hemd, hatte aber noch immer den Schal um den Hals geschlungen. Er hatte sich etwas vom Grillimbiss geholt, aus der Schachtel in seiner Hand dampfte es.

– Hallo Jens, bist du wieder gesund?, fragte Abel auf dem Weg ins Foyer.

– Nee du, mir geht's verdammt übel, sagte Jens heiser. – Hat Preben das mit Baltzer geregelt?

– Jedenfalls holt der jetzt seine Kabel. Na ja. Bis dann.

– Ja du, bis dann, sagte Jens und nickte, auch in meine Richtung, und dann ging er mit seiner Pappschachtel zum Aufzug.

Wir setzten uns an die Bar. Abel bestellte uns ein Glas Weißwein.

– Das ist schon ein seltsames Leben, das ihr hier führt, sagte ich.

– Tja. Es ist ja nur vorübergehend. Niemand macht so was auf Dauer.

– Wissen die anderen denn, dass ich hier bin?

– Die anderen?

Er lächelte.

– Das weiß ich nicht. Nur, wenn sie uns zusammen gesehen haben.

– Ah, verstehe.

Er hatte auch schon einmal in Liechtenstein gearbeitet. Er erzählte eine lange und verworrene Geschichte über eine Gruppe Japaner, die ein Hotel mit dem Fürstenschloss verwechselt hatten. Sie seien den ganzen Berg rückwärts wieder runtergegangen, so sehr hätten sie sich geschämt. Ich saß da und betrachtete ihn, während er sprach. Seine Haare fielen ihm in die Stirn. Er hatte einen grünen Pullover von irgendeiner bekannten Marke an. Ich mochte die Farbe, aber sie stand ihm nicht wirklich. Jedes Mal, wenn er lächelte, zuckte sein linker

Mundwinkel ein wenig. Der Mundwinkel führte ein Eigenleben. Ich legte eine Hand auf seine Jeans, er legte seine Hand auf meine.

Später lag ich im Bett und sah ihn an. Er hatte die Augen geschlossen, und ich strich ihm die Haare aus dem Gesicht.

– Aksel, ich frage mich, ob du zu Hause in Brønshøj nicht vielleicht doch eine Frau hast, sagte ich.

– Wie kommst du denn darauf?

Er rührte sich nicht.

– Ich weiß nicht. Und es macht auch nichts. Ich kann sogar verstehen, wenn es so ist und du es mir nicht erzählt hast.

Er lag weiterhin vollkommen ruhig da. Nicht einmal seinen Atem konnte ich hören.

– Wir sind gerade dabei, uns zu trennen, sagte er schließlich.

– Habt ihr Kinder?

Er schlug die Augen auf:

– Nein. Gott sei Dank nicht. Das stimmt wirklich. Entschuldige bitte.

– Du brauchst dich nicht zu entschuldigen. Ich wollte es nur gerne wissen.

30

Abel hatte mir Frühstück geholt und das Tablett auf den Nachttisch gestellt, bevor er zur Arbeit ging. Das Ei war noch immer ein wenig warm. Ich frühstückte im Bett und dachte darüber nach, wann ich nach Dänemark zurückfahren sollte. Am nächsten Tag musste ich um kurz vor zwei bei der Arbeit sein. Er hatte angeboten, sich freizunehmen und mich am Vormittag nach Puttgarden zu fahren. So könnte ich dann direkt zur Arbeit gehen, das wäre gar kein Problem, denn meine Uniform hatte ich dabei.

Die Nacht war seltsam gewesen. Ich war wiederholt aufgewacht und hatte jedes Mal das Gefühl gehabt, dass Abel ebenfalls wachlag. Irgendwann tat er mir leid, und ich legte unter der Decke meine Hand auf seine. Er zeigte keinerlei Reaktion. Doch etwas später räusperte er sich. Da tat ich dann, als würde ich schlafen, ich atmete tief und voller Hingabe.

Als ich das Brötchen aufschnitt, klopfte es an der Tür. Es war Jens, der sich ein wenig Pulverkaffee borgen wollte.

– Ich wollte nicht die Balkontür nehmen, für den Fall, dass du nackt bist, sagte er.

– Ich bin nackt. Ich komme gleich mit dem Kaffee zu dir rüber.

– Gut, danke.

– Soll ich dir auch ein Plunderteilchen mitbringen?

– Was ist es denn für eines?

– Irgendein deutsches Plundergebäck. Keine Ahnung, wie es heißt.

– Nein danke. Ich kann sowieso nichts essen.

Wir saßen auf seinem Bett, er am Kopf-, ich am Fußende, und tranken Kaffee. Er war noch immer heiser. Heute hatte er ein Sweatshirt angezogen und den Schal noch eine Extrarunde um den Hals gewickelt. So sah es jedenfalls aus.

– Na, Jane. Wie findest du es hier in Deutschland?

Er sprach meinen Namen englisch aus, das mochte ich.

– Ich weiß es nicht. Ich habe nicht groß drüber nachgedacht.

– Aber du hast dir doch die Stadt angeschaut.

– Ja. Ich hab nicht wirklich viel gesehen. Ich bin vor allem wegen Aksel hier.

Er nickte:

– Ja, klar.

– Ich weiß übrigens, dass er verheiratet ist.

– Ja. Aber sie sind doch schon so gut wie geschieden, oder? Ich hab seine Frau mal gesehen. Sie heißt Linda. Sie hat wahnsinnig lange Beine.

– Tatsächlich? Was macht sie?

– Irgendwas mit Geld. Was hast du denn da?

– Das da? Das war mal ein blauer Fleck.

– Komm, lass mich mal sehen.

Er stellte seine Tasse auf dem Nachttisch ab und setzte sich neben mich. Er nahm meine Hand.

– Wie lang sind ihre Beine, so ungefähr?, fragte ich.

– Unheimlich lang.

– Sieht sie gut aus?

– Nicht für meinen Geschmack. Aber das sieht Aksel wohl anders. Oder besser, hat es anders gesehen.

– Wie lange sind die beiden denn schon verheiratet?

– Warum fragst du nicht ihn? Verdammt, so viel weiß ich auch nicht über Aksel.

Er ließ meine Hand los.

– Sollen wir vielleicht ein bisschen rumfahren, damit du auch was vom Land zu sehen bekommst?, fragte er.

– Womit denn?

– Meine Karre steht unten.

– Darfst du denn rausgehen?

– Wer sollte mir das verbieten? Ich kenne einen großen See, da könnten wir hinfahren und Vögel gucken.

– Ich glaube, es ist glatt draußen. Es hat heute Nacht wieder geschneit.

– Nirgendwo werden die Straßen so fix geräumt wie in Deutschland.

– Ja, aber, was ist mit deinem Hals?

– Scheiß auf meinen Hals. Da soll's auch Adler geben, draußen bei dem See.

– Interessierst du dich für Vögel?

– Nö. Oder doch, also für Adler. Du nicht?

– Doch, klar, wenn es Adler sind.

– Da gibt es wohl auch ein Gasthaus, wo man Karpfen in Sahnesoße essen kann.

– Karpfen? Habe ich noch nie probiert.

– Ich auch nicht. Wollen wir los?

Das Auto war blau und außen wie innen ziemlich schmutzig. Er fegte ein paar alte Bonbonpapiere vom Beifahrersitz und machte eine galante Armbewegung:

– Ich bitte einzusteigen. Bist du warm genug angezogen?

– Ich denk schon, was anderes habe ich nicht dabei.

– Da kannst du ruhig drauftreten.

Bei meinen Füßen lag der Deckel einer Pralinenschachtel. Ich trat darauf und lehnte mich im Sitz zurück.

Er hatte eine amüsante Art zu fahren. Er saß tief über das Lenkrad gebeugt, den Kopf vorgeschoben und die Augen zusammengekniffen, so als würde er auf jemanden zielen.

– Wruumm, sagte er, als wir über eine Kreuzung fuhren und die Ampel in dem Moment auf Gelb sprang.

Wir fuhren aus der Stadt hinaus und weiter in Richtung Norden. Die Straßen waren tatsächlich geräumt, der Schnee war am Straßenrand zu einem schmalen Wall zusammengeschoben, ab und an stob ein wenig Schnee auf. Ich kurbelte das Fenster herunter und atmete tief ein. Es roch nach Kaminfeuer, aus dem Schornstein eines Hauses am Waldrand stieg ein dünner Streifen Rauch auf. Die Straße führte mitten durch den Wald, er fuhr langsamer. Eine dünne Schneeschicht bedeckte den Waldboden, über den nackten Baumkronen war der Himmel tiefblau.

Hinter dem Wald öffnete sich die Landschaft, vor uns lagen weiße, zu einem großen See hin abfallende Felder. Weit drüben, auf der anderen Seite des Sees, konnten wir eine kleine Kirche erahnen. Er bog ab und folgte einem Kiesweg in Richtung See. Als wir mit dem Auto nicht mehr weiterkamen, stellte er es unter einem großen Baum ab. Wir stiegen aus und ließen das Auto unabgeschlossen stehen.

– Hier passiert bestimmt nichts, sagte er.

Beim Gehen hakte ich mich bei ihm unter. Es wirkte nicht im Geringsten künstlich. Er hatte schwarze Schuhe mit dicken Sohlen an. Der Pfad machte eine scharfe Linksbiegung, und langsam ging es bergab.

Unten am Seeufer war ein künstlicher Sandstrand aufgeschüttet. Eine dicke Schicht Schnee lag auf den Dächern der beiden kleinen, schwarzgestrichenen Badehütten. Bei der einen war die Tür kaputt, sie hing nur noch an einem einzigen Scharnier. Als er sie anfasste, fiel sie ganz ab. Er warf sie in den Schnee, und wir gingen in die Hütte hinein und umarmten uns. So standen wir eine Weile da. Die Fransen seines Schals bewegten sich, wenn ich ausatmete. Seine Haare rochen warm und ein wenig ungewaschen, ich trat einen Schritt zurück und sah ihn an. Er lächelte.

– Jetzt müssen wir aber auch nach dem Adler Ausschau halten, sagte er.

– Ja, das müssen wir.

Wir küssten uns. Er ließ seine Hände unter meinen Pullover gleiten, und er fühlte sich überhaupt nicht kalt an, die Hände kreisten über meinen Rücken. Er hatte eine Art zu küssen, die mir vorher noch nie begegnet war. Abwechselnd näherte und entfernte er sich von meinem Mund. Es war schon erregend, wirkte aber auch ein wenig mechanisch. Bestimmt wandte er diese Technik nicht zum ersten Mal an. Ich ließ los und sah ihn an:

– Bist du eigentlich auch verheiratet?

– Nein, du etwa?

– Nein, aber Abel.

– Wer?

– Aksel. Er ist auch verheiratet.

– Jetzt komm ich nicht mehr mit.

– Ich auch nicht. Aber du bist wirklich nett.

– Du aber auch. Und ich bin jedenfalls nicht verheiratet.

– Gut.

– Ich hatte acht Monate lang eine Freundin, aber das war letztes Jahr.

– Ganz schön lange.

– Ja. Und wie ist das bei dir?

– Da hat es immer so ein bisschen Hin und Her gegeben, sagte ich. – Und jetzt habe ich ja Aksel.

– Ja, oder was immer du da hast.

– Ja. Was immer ich da habe.

Wir gingen zurück zum Auto und fuhren um den See herum, bis wir zu dem Gasthaus kamen, von dem er gehört hatte. Wir aßen Fischfilets mit Pommes frites, wir hatten beide nicht wirklich Lust auf Karpfen. Er redete viel, während er aß. Seine Pommes saugte er geradezu in den Mund hinein. Ich dachte an Abels Frau mit den langen Beinen. Ich wünschte, es würde sie nicht geben. Ich dachte an Abels Atemzüge in der Nacht, daran, wie er neben mir wachgelegen hatte. Seine Kleider hatten über der gepolsterten Stuhllehne gehangen. Jens trank zum Essen einen halben Liter Milch. Er wischte sich mit dem Handrücken über den Mund.

31

Ich stieg ein Stück vor dem Hotel aus, um den Rest des Wegs zu Fuß zu gehen. Die Küsserei in der Badehütte war schuld daran, dass wir jetzt nicht gemeinsam zurückkommen konnten. Jens winkte diskret, als er in seiner Rennfahrerhaltung vorbeifuhr.

– Wruumm, flüsterte ich dem Auto hinterher, und dann fing ich an zu weinen.

Ich weiß nicht, wodurch das Weinen ausgelöst wurde. Ich glaube, es war der alberne Laut, vielleicht auch die Sonne, die so grell auf den Schnee schien, der zwischen Gehsteigkante und Fahrbahn lag. Jens verschwand um die Ecke. Ich ging mit beiden Händen in den Jackentaschen und zählte die Münzen darin, ohne zu wissen, ob es nun deutsche oder dänische waren, so als gäbe es nichts Wichtigeres, als herauszufinden, wie viel Geld ich noch hatte. Die Tränen liefen und liefen. An einer Ampel blieb ich stehen, eine ältere Frau mit zwei vollen Plastiktüten in den Händen sah mich fragend an:

– Kann ich Ihnen helfen?

– Nein. Danke.

Ich schüttelte den Kopf, und die Tränen spritzten nur so von meinem Gesicht. Ich muss ausgesehen haben wie ein Springbrunnen, ich lächelte sie an:

– Ich bin dänisch.

– Ach so, sagte sie langsam und nickte, der Pelzrand an ihrer Kapuze wippte auf und ab.

Die Ampel wurde Grün, und ich ging hinüber. Meine Hände hörten nicht auf, das Geld in den Jackentaschen zu zählen. Noch bis ans Ende der Straße und dann nach rechts, von da waren es nur noch ein paar hundert Meter bis zum Hotel. Vor etwas, das aussah wie eine Reinigung, setzte ich mich auf eine Treppenstufe. Es kam kein Laut aus mir heraus, aber die Tränen liefen einfach immer weiter.

Ich hätte ebenso gut durchsichtig sein können. Mein Bein bewegte sich auf der Treppenstufe, aber mir war, als wäre es gar nicht meins. Einmal lag ich im Strandhafer und dachte, ich hätte mich vielleicht einfach aufgelöst. Ich war sechzehn Jahre alt, es war ein trüber Tag. Tine stand unten am Wasser und winkte jemandem auf einem Boot zu. Mein Körper war gar nicht mehr da, es war ein befreiendes Gefühl. Tine drehte sich um und kam zu mir herauf. Sie zog mich hoch und klopfte den Sand von mir ab.

Ich saß sehr lange auf der Treppe. Meine Zehen in den Lederstiefeln waren ganz taub, als ich aufstand und zum Hotel zurückging. Ich fühlte mich betäubt und erleichtert. Ich schloss die Tür zum Hotelzimmer auf, fand in der Schreibtischschublade Block und Kugelschreiber und schrieb es auf: »Betäubt und erleichtert«. Es war das erste Mal, dass ich so schrieb. Ich sah die Wörter an, sie sagten mir rein gar nichts. Mir war beinahe so, als hörte ich die Stimme unserer Mutter: »Wie du dich wieder aufführst.« Ich nickte, das stimmte schon, es war wie damals mit dem Zittern in meinem Wohnheimzimmer in Næstved. Das war gar kein Zusammenbruch, es war nur die Vorstellung von einem.

32

– Frauen ohne Männer, sagte Abel.

Er lag neben mir auf dem Bett und hörte zu. Er war gegen halb fünf von der Arbeit gekommen und war sichtlich erschrocken, als er mein verheultes Gesicht sah. Ich hatte mit einer Cola auf der Fensterbank gesessen. Eine halbe Stunde zuvor hatte mich Jens von seinem Zimmer aus angerufen. Ich hatte mich für den netten Ausflug bedankt, hatte aber auch gesagt, dass ich nicht wisse, ob es ein nächstes Mal geben würde. Er schien es nicht sonderlich schwerzunehmen. Er hatte eine sehr anziehende Telefonstimme.

Für Abel war sofort klar gewesen, dass ich traurig sein musste, weil er eine Frau hatte. Das war ich auch. Aber ich sagte ihm, dass das nicht das Einzige sei. Er fragte, was denn sonst noch los sei, aber ich wusste nicht, was ich antworten sollte. Ich erzählte ihm ein wenig vom Königskarree. Dass ich am allerliebsten dort wohnen bleiben und weiter auf der Fähre arbeiten würde, aber gleichzeitig das Gefühl hätte, eigentlich etwas anderes tun zu müssen. Ich erzählte von Ditte und Tine und schließlich auch ein bisschen von unserer Mutter. Abel sagte nicht viel, er lag einfach nur da und hörte zu. Vielleicht hatte er das Gefühl, er sei mir seine Aufmerksamkeit schuldig. Wir sprachen überhaupt nicht von ihm.

Erst gegen neun Uhr abends gingen wir zum nächstgelegenen Grillimbiss, um etwas zu essen. Wir hatten beide großen Hunger und aßen schweigend. Es fühlte sich an, als hätte ich für lange Zeit genug gesagt. Als ich mein halbes Hähnchen gegessen hatte, ging ich zum Tresen und bestellte zwei Würstchen mit Brot.

– Du hast aber einen Appetit, sagte er.

– Ja.

– Willst du von meinem Hacksteak probieren?

– Nein.

– Sollen wir noch ein Eis mit aufs Zimmer nehmen?

Ich nickte:

– Klingt gut.

– Und danach schläfst du dich richtig aus. Ich bringe dich morgen so gegen zehn nach Puttgarden.

– Und wann fährst du wieder nach Dänemark zurück?

– Das weiß ich noch nicht. Vielleicht erst nach Ostern.

– Wohnt ihr eigentlich noch zusammen?

Er blickte zu Boden:

– Nicht richtig. Sie ist die meiste Zeit bei ihren Eltern.

– Was macht sie?

– Sie ist Erzieherin. Aber sie will jetzt eine Umschulung machen. Sie interessiert sich sehr für Ernährung.

– Wie lange seid ihr denn schon zusammen?

– Fünf Jahre.

– Ganz schön lange.

– Ja.

– Hat sie denn auch jemand Neues kennengelernt?

Er runzelte die Stirn. Bevor er antworten konnte, legte ich meine Hand auf seine:

– So hab ich das nicht gemeint, sagte ich.

– Ich weiß schon, dass das eine nichts mit dem anderen zu tun hat. Ich bin nicht die Neue. Das weiß ich doch.

33

Als ich am Gründonnerstagmorgen aufwachte, hatte ich schreckliche Halsschmerzen. Ich konnte nicht schlucken, und es tat wahnsinnig weh, wenn ich durch den Mund atmete. Abel war im Badezimmer, er sang unter der Dusche. Ich stand auf und ging zu ihm. Das Wasser prasselte auf uns herab. Er seifte mir den Rücken ein und küsste meine Schultern. Das Wasser lief und lief. Schließlich war der Spiegel ganz beschlagen.

– Jetzt kannst du dich gar nicht rasieren, flüsterte ich und reichte ihm ein Handtuch.

– Kann ich nicht? Aber wie hörst du dich eigentlich an?

– Ich hab ein bisschen Halsweh.

– Wirklich? Mach mal den Mund weit auf.

Ich öffnete den Mund und stellte mich direkt unter die Badezimmerlampe, er schaute hinein:

– Da ist alles knallrot. Und du bist ja auch ganz warm.

– Mir geht's auch nicht so gut.

– Da geht gerade was um. Bestimmt hast du dir das jetzt auch eingefangen.

– Ich weiß nicht, ob ich so zur Arbeit kann.

– Also mit der Stimme sicher nicht.

Ich rief im Fährbüro an und meldete mich krank, während Abel nach unten ging, um Frühstück zu holen. Danach rief ich Tine an. Ich ließ es mehrere Male klingeln, bis mir einfiel, dass sie ja Frühdienst hatte und erst am nächsten Tag zur Nachtschicht musste. Am Samstagvormittag war die Beerdigung von Herrn Lund, bis dahin musste ich also wieder zu Hause sein. Ich rief Frau Lund an. Das Erste, was ich hörte, als der Hörer abgenommen wurde, war Dittes Schreien im Hintergrund. Es knisterte in der Leitung, dann antwortete Frau Lund:

– Ja, hallo. Hier ist Åse.

Aber ich legte auf, ohne etwas zu sagen. Mit einem Mal fühlte ich mich außerstande, ihr zu erklären, weshalb ich anrief.

Ich konnte weder essen noch trinken. Zum Glück war ich noch immer recht satt vom Abend zuvor.

Abel schob mir zwei Kissen in den Rücken und schaltete den Fernseher ein. Er saß neben mir im Bett und aß sein Brötchen. Jetzt, wo er mich nicht nach Puttgarden fahren musste, würde er doch um neun Uhr arbeiten gehen. In der Mittagspause wollte er in der Apotheke ein paar Medikamente für mich besorgen und anschließend bei mir vorbeischauen.

– Hier unten bekommt man auch ohne Rezept richtig gute Sachen, sagte er.

Im deutschen Fernsehen lief eine Sendung über einen Hutmacher. Ich fühlte mich vollkommen ruhig und entspannt nach der warmen Dusche. Wenn ich einfach das Schlucken seinließ, war es auch nicht so schlimm mit dem Hals. Es duftete nach Kaffee und Mohn, der Hutmacher probierte einen seiner eigenen Hüte auf.

Abel war gegangen. Vielleicht hatte ich ein wenig Fieber, ich konnte gar nicht sagen, ob ich nun fror oder schwitzte. Ich kroch abwechselnd unter die Decke und strampelte sie wieder von mir. Irgendwann stand ich auf und ging hinaus auf den Balkon. Die Tür zu Jens' Zimmer war geschlossen, bestimmt war er wieder gesund und bei der Arbeit. Die kalte Luft war ganz offensichtlich nicht gut für meinen Hals, und ich legte mich schnell wieder ins Bett. Ich schlief ein, und als ich aufwachte, saß Abel am Fußende und lächelte, in der Hand hielt er eine Schachtel Schwarze-Johannisbeer-Pastillen. Er hatte auch Aspirin gekauft, und als ich ein paar davon geschluckt hatte, ging es mir schon viel besser. Das Fieber verdampfte, ich schwitzte.

Am Abend holte er mir einen großen Becher Gulaschsuppe, aber ich konnte noch immer nichts essen. Er hatte auch für sich selbst etwas zu essen besorgt, eine Art Eintopf mit Fleisch und Reis und weißer Soße. Er trank Bier dazu. Danach schenkte er uns zwei große Gläser Whisky ein:

– Das wird dir guttun.

– Glaubst du?

– Das weiß ich. Komm her.

Er zog mich an sich.

– So langsam will ich dich gar nicht mehr hergeben, sagte er.

Wir tranken einen Whisky nach dem anderen. Ich mochte den Geschmack noch immer nicht, aber die Wirkung war gut. Ich vergaß völlig meinen Hals, ich redete und redete. Abel wurde ganz ausgelassen. Er führte in Unterhosen und Socken einen Tanz auf, ich lachte so sehr, dass der Whisky überschwappte. Ich sprang auf und schlüpfte in die Lederstiefel und tanzte, ansonsten ganz nackt, durchs Zimmer. Ich stürzte auf ihn zu und zog seine Unterhose runter, er bekam mich zu fassen und fegte mit dem anderen Arm den Schreibtisch leer. Die Lampe hing wie eine Trockenhaube über seinem Kopf, er schlug die ganze Zeit mit dem Kopf dagegen, und ich zog und zerrte am Vorhang, bis die Aufhängung irgendwann nachgab. Wir rollten rüber aufs Bett und küssten uns, schenkten Whisky nach, lagen ganz still da und sahen einander an, standen auf und zogen den schiefhängenden Vorhang zur Seite. Wir waren beide nackt, abgesehen von Socken und Lederstiefeln.

– Jetzt schneit es wieder.

Es war so unglaublich hell dort draußen. Der Schnee und der Mond und die Scheinwerfer über der Baustelle, alles leuchtete. Die Maschinen und die halbfertigen Mauern warfen lange Schatten. Wir standen da und hielten uns an den Händen.

– Geht es dir jetzt besser?, fragte er.

– Sehr viel besser.

Nicht allzu lange danach klingelte das Telefon. Ich weiß nicht, wer dran war. Abels Frau war mit einem Blinddarmdurchbruch ins Krankenhaus eingeliefert worden. Es war ihr schon in den Tagen zuvor recht schlecht gegangen, und dann waren die Schmerzen auf einmal unerträglich geworden. Sie war schreiend in einer öffentlichen Toilette zusammengebrochen, und als der Krankenwagen kam, hatte sie bereits das Bewusstsein verloren. Sie hatte in Lebensgefahr geschwebt, aber jetzt wurde sie gerade operiert.

Er starrte noch immer das Telefon an, als er es mir erzählte. Dann setzte er sich aufs Bett, er sank vollkommen in sich zusammen. Er saß einfach nur da, ohne etwas zu sagen und ohne mich anzusehen. Nach einer Weile stand er resolut auf und nahm frische Kleider aus dem Schrank. Er sagte, er müsse sofort nach Dänemark fahren. Ich sagte, dass er jetzt unmöglich Auto fahren könne. Er antwortete nicht, zog sich nur mit hastigen Bewegungen an.

Ich wickelte eine Decke um mich. So ging ich hinaus auf den Flur und klopfte an Jens' Tür. Er öffnete mit einem verschlafenen Gesicht, hinter ihm lief der Fernseher. Ich erklärte ihm, was passiert war, und fragte, ob er helfen könne. Er nickte, ging hinüber zu Abel und legte ihm eine schwere Hand auf die Schulter:

– Komm, ich bring dich nach Hause. Wir fahren gleich los.

Er klopfte Abel ein paar Mal auf den Rücken. Auf die Berührung hin begann Abel zu weinen, sein Weinen war so ganz anders als meines. Da waren fast keine Tränen, dafür war es ziemlich laut. Wie eine muhende Rinderherde in der Abenddämmerung. Ich begleitete die beiden bis zum Aufzug, noch immer in die Decke gewickelt. Bevor die Aufzugtür zuging, sah mich Jens über Abels Schulter hinweg an:

– Kommst du klar, Jane?

Ich nickte.

34

Die Tür zu unserem Zimmer war zu. Ich rüttelte an der Türklinke. Der Teppichboden war braun und weich, die kleinen Lampen an der Wand leuchteten gelb. Außer mir war niemand auf dem Flur.

Zum Glück hatte Jens seine Tür offen gelassen. Ich ging in das Zimmer und hinaus auf den Balkon, in der Hoffnung, unten vor dem Hotel das Auto sehen zu können. Aber ich sah es nicht. Ein paar Taxis kamen angefahren und ein Mann mit einer Maschine, die den Schnee vom Gehsteig räumte. Ich stellte mir Jens und Abel im Auto vor. Stellte mir Abels Frau auf dem Operationstisch vor. Ich hielt es nicht aus, daran zu denken, ich ging wieder nach drinnen und zog die Balkontür zu.

Ich hatte unglaublichen Durst. Auf dem Nachttisch stand eine Cola, die Dose war noch nicht ganz leer. Ich trank den Rest, es brannte und schmerzte im Rachen. Dann legte ich mich ins Bett und zog die Decke über mich. Der Fernseher lief.

Ich ließ ihn die ganze Nacht laufen, und ich ließ auch das Licht an. Immer wieder wachte ich auf und starrte die Digitaluhr auf dem Testbild an. Früh am Morgen übertrugen sie einen Gottesdienst aus Köln. Ich schaltete aus und schlief weiter.

Es war Freitagabend, Viertel vor acht, als ich aufwachte. Ich war schweißgebadet, aber mein Hals fühlte sich bei weitem nicht mehr so rau an. Ich schluckte ein paar Mal, auch das tat nicht mehr so weh. Dafür war meine Stimme fast verschwunden, da kam nur noch ein Krächzen. Ich setzte mich auf und sah mich im Zimmer um, das reinste Chaos, vor dem Fenster ein Haufen mit Kleidern, überall auf dem Fußboden deutsche Zeitungen und leere Chipstüten. Ich öffnete die Schreibtischschubladen. In der untersten lagen eine halbe Tafel Schokolade und hundert D-Mark. Ich fand auch ein Stück Papier und einen Kuli, schrieb eine kurze Nachricht – »Jens, ich habe mir 50 DM geliehen. Danke und bis bald« – und nahm das Geld an mich.

Ich ging ins Bad und wusch mir die Haare. Danach wühlte ich mich durch den Kleiderhaufen. Ich wählte eine Jeans, die nicht allzu groß war, und ein

Sweatshirt mit der Aufschrift »Team UCLA« auf der Brust und zog beides an. Zum Glück hatte er auch noch eine Jacke im Schrank hängen. Ich schlüpfte probeweise hinein, und wenn ich die Ärmel ein paar Mal umkrempelte, passte sie sogar einigermaßen.

Er hatte keinen Föhn in seinem Zimmer, also musste ich mit dem Rausgehen warten, bis meine Haare trocken waren. Ich saß auf der Bettkante und schaute in den Spiegel. Wenn ich lange genug hinsah, konnte ich mich selbst mit den Augen eines Fremden sehen. Ich sah bleich und ein wenig mitgenommen und alles andere als munter aus. Gleich würde ich das Hotel verlassen und die Haltestelle und eine Verbindung nach Puttgarden suchen. Unter normalen Umständen hätte ich vor so einer Unternehmung Angst gehabt. Aber diesmal nicht. Ich wusste nicht, warum.

Ich steckte die Jeans in die Lederstiefel, so sah man auch gar nicht, dass sie zu lang war. Bevor ich ging, sammelte ich die Kleider vom Boden auf, legte sie ordentlich zusammen und räumte sie in den Schrank. Ich schüttelte das Kissen auf und strich das Laken glatt, schlug die Decke zur Seite.

Zuletzt nahm ich die halbe Tafel Schokolade und brach sie in Stücke, legte die Stücke in einer Reihe auf seinen Nachttisch. Ich ließ die Nachttischlampe brennen und ging.

35

In der Wartehalle in Puttgarden roch es nach Orangen. Ich hatte gehofft, um sechs Uhr die Dänemark zu erwischen, die letzte Überfahrt während Tines Nachtschicht. Doch es war schon nach sieben, als ich bei der Anlegestelle aus dem Bus stieg. Ich hatte den Großteil der Nacht vor dem Bahnhof in Oldenburg verbracht. Es war eisig kalt gewesen, aber irgendwie hatte mir das überhaupt nichts ausgemacht. Ich war auf und ab gehüpft und hatte dabei die viel zu großen Jeans am Bund festgehalten. Wenn ich nicht mehr konnte, hatte ich an einem Automaten Kaffee gekauft und mir an dem Plastikbecher die Hände gewärmt. Am Schluss war der Automat leer gewesen.

Ein paar Kollegen vom deutschen Personal aßen belegte Brote und tranken Saft. Offenbar gab es hier gar keinen eigenen Warteraum fürs Personal. Ich ging durch die Glastür und die Treppe hinauf zur Rampe. Die Theodor Heuss legte gerade an, mitten in einer Schneeböe, der Himmel war ganz grau, die deutschen Matrosen leuchteten in ihren orangefarbenen Westen vor dem geöffneten Bugtor. Die Fähre glitt in das Fährbett, es knarrte und knirschte, die Gangway wurde ausgefahren. Ich ging als Erste an Bord und zeigte einem älteren Matrosen mit buschigem Schnurrbart meinen Fahrschein:

– Guten Morgen, junge Dame, sagte er, der Schnurrbart wippte, und ich nickte ihm zu.

Ich kaufte mir eine Tasse Tee und setzte mich in den Salon. Ich dachte daran, dass Tine nun gar nicht die Tüte Mandeln bekommen würde, die ich für sie gekauft hatte. Mein Pass lag auch noch im Hotel in Deutschland, aber das war nicht so schlimm. Bei der Ankunft in Dänemark konnte ich ja durch den Personalausgang hinausgehen.

Die Fähre schaukelte ein wenig, doch draußen sah alles ganz ruhig aus. Der graue Himmel und das graue Meer gingen ineinander über. Auch als Rødbyhavn eigentlich nicht mehr weit sein konnte, war noch immer kein Land zu sehen. Stattdessen tauchten grüne Lichter auf, Lichtblitze im fallenden Schnee, weit unten zwei kleine Schiffe mit Männern an Deck. Ich stand auf und trat ganz nah ans Fenster heran, etwas weiter weg war ein graugrüner Tanker zu sehen. Wir fuhren vorbei, ich wandte meinen Blick nicht ab. Dann waren wir schon fast da, das Wasser schlug gegen die Mole, die Möwen flogen auf. Am innersten Anleger lag die Dänemark mit einem Loch im Schiffsrumpf, ein gutes Stück über der Wasserlinie, am Rand des Lochs war das Metall nach außen aufgebogen. Darüber, auf dem Deck, liefen ein paar Matrosen herum. Soweit ich es beurteilen konnte, befand sich das Loch direkt vor dem Supermarkt. Jetzt legte die Theodor Heuss an, die Gangway wurde ausgefahren, und ich ging auf die andere Seite der Rampe und zur Dänemark hinüber. Vor dem Eingang waren Taue gespannt, so dass man nicht an Bord gehen konnte. Ich lehnte mich vor und schaute hinein. Jimmy stand mit einem rauschenden Walkie-Talkie bei der Information, er entdeckte mich:

– Da darf gerade niemand rein.

– Was ist passiert, Jimmy?

Er konnte unmöglich gehört haben, was ich geflüstert hatte, doch er ließ die Hand mit dem Walkie-Talkie sinken und ging auf mich zu:

– Du bist das? Ich hab dich gar nicht erkannt.

– Was ist passiert?

– Ein Tanker hat uns gerammt und ein Leck in den Schiffsrumpf geschlagen.

Er trat über die Absperrung und kam zu mir herüber. Es war auf der letzten Überfahrt vor ein paar Stunden passiert. Weil nichts zu tun gewesen sei, hätten mehrere Kolleginnen auf dem Packtisch im Supermarkt beisammengesessen. Er selbst sei drinnen beim Einkaufen gewesen. Dann habe er plötzlich ein Krachen gehört, einen kreischenden Lärm, das Metall sei zerrissen wie Papier. Marie Svendsen habe es rückwärts durch das Loch nach draußen gezogen, unglaublich schnell sei das Ganze gegangen.

– Sie suchen jetzt da draußen nach ihr, sagte er.

Er nickte sehr langsam.

– Dabei hat Tine sogar noch ihre Hand erwischt. Sie war blitzschnell. Aber zum Schluss konnte sie sie nicht länger festhalten.

– Was hat sie dann gemacht?

– Sie musste loslassen. Sie hat sie losgelassen.

Ich hatte das Gefühl, meine Beine würden mich gleich im Stich lassen. Ich stützte mich auf das

Tauwerk, es sah aus, als würde die Fähre schaukeln und wippen.

– Wo ist Tine jetzt?, fragte ich.

– Sie ist von Bord gegangen. Sie sind alle von Bord gegangen.

Ich ging mit sehr kleinen Schritten die Treppe zum Personalraum hinunter. Es kribbelte unangenehm in meinen Händen und Füßen. Die meisten mussten noch befragt werden, aber einige hatten auch schon nach Hause gehen dürfen. Stephanie Christensen war mit dem Krankenwagen abgeholt worden, sie war mittendrin ohnmächtig geworden und mit der Stirn auf dem Fußboden aufgeschlagen. In der Tür stehend, sah ich nun die anderen in einer Wolke aus Zigarettenrauch sitzen. Monas kleiner Kopf lag auf Gerdas Schulter und schluchzte. Palle und Laila starrten ins Leere, Ingeman-Hansen machte sich Notizen in etwas, das aussah wie ein Schulheft. Elsebeth stand auf und kam zu mir:

– Hast du es schon gehört? Wir haben alle direkt daneben gesessen, als es passiert ist. Tine ist inzwischen gegangen. Sie hat gesagt, ihr müsstet zu einer Beerdigung. Das hier hat sie vergessen.

Sie gab mir Tines Stofftasche. Ich sah hinein, darin lag eine Packung Bonbons und eine Illustrierte. Hinter Elsebeths Rücken schniefte Mona:

– Hat vielleicht jemand eine Serviette?

– Ja, hier, sagte eine Stimme.

– Da liegen welche auf dem Tisch, sagte eine andere.

– Weißt du, wie spät es ist?, fragte ich Elsebeth flüsternd.

– Kurz nach neun. Ist alles okay mit dir? Du klingst ganz komisch. Bist du krank?

– Ja, ich gehe auch gleich wieder. Wie kommst du nach Hause?

– Carsten holt mich ab. Willst du nicht mitfahren?

– Nein danke. Es ist besser, wenn ich jetzt gehe.

Wir umarmten uns. Ich konnte ihren Hals an meiner Wange spüren, sie schluckte ein paar Mal.

Ich ging über den Brovej und die Havnegade entlang in Richtung Königskarree und Kirche. Es lag ein wenig Schnee auf dem Gehsteig und der Fahrbahn, aber die Luft fühlte sich gar nicht kalt an.

Beim Gehen schlug Tines Stofftasche gegen meine Beine. Die Kirchenglocken läuteten. Ich begann zu laufen, ich lief den ganzen restlichen Weg. Auf dem Parkplatz vor der Kirche stand Bo Lund in dem schwarz-gelben Pullover und schaukelte Dittes Kinderwagen sanft hin und her. Ich lief zu ihm hinüber. Er nickte mir zu, dabei rutschte ihm die Bommelmütze in die Stirn. Ich beugte mich über den Wagen und betrachtete das kleine schlafende Gesicht dort unten. Ich war ganz außer Atem. Erst jetzt, wo ich sie ein paar Tage nicht gesehen hatte, konnte ich erkennen, wie sie wirklich aussah. Sie sah uns allen ähnlich. Ich blickte auf:

– Ist deine Mutter schon drinnen, Bo?

Er sah auf seine Uhr.

– Noch nicht. Ich bin vorgegangen, damit Ditte ihr Schläfchen machen kann.

– Und Tine?

– Die kommt auch gleich.

– Und ich auch. Ich laufe nur noch schnell nach Hause und ziehe mich um.

Er nickte wieder, und ich rannte los, quer über den Rasen zwischen der Kirche und der Schule und weiter über die Straße zwischen der Schule und dem Königskarree. Als ich beim hintersten Block um die Ecke bog, wäre ich beinahe mit der Friseuse zusammengestoßen, an ihrem Arm ging eine alte Frau. Sie waren beide schwarz gekleidet und blass, ich blieb stehen und legte der Friseuse eine Hand auf den Arm:

– Es tut mir so leid, das mit Martin, sagte ich.

– Danke, sagte sie und legte ihre weiche Hand auf meine.

– Hast du Halsschmerzen, mein Kind?, fragte die Alte und legte nun ihre Hand auf meinen Arm, jetzt waren wir quasi alle drei miteinander verbunden.

– Er wird nach Ove Lund begraben, sagte die Friseuse. – Wir sind eben schon in der Kirche gewesen.

– Da drüben steht ein junger Mann in Martins Wollpullover und Mütze. Ist das nicht merkwürdig?, sagte die Alte, und die Friseuse nickte unter dem schwarzen Kopftuch:

– Meine Mutter erinnert sich an alles, was sie jemals gestrickt hat.

Jetzt nickten wir alle drei, und dann ließen wir

einander los. Ich lief am hintersten Block vorbei und erreichte unseren eigenen. Vor der Nummer zweiundvierzig parkte ein kleiner Lastwagen mit Plane, Tim und Lauge und eine dicke junge Frau mit Pferdeschwanz manövrierten gerade gemeinsam einen schlichten Bauernschrank von der Ladefläche. Lauge hielt mitten in der Bewegung inne:

– Hi. Du bekommst heute eine neue Nachbarin.

– Ja, das bin ich. Ich heiße Birgitte, sagte Bjarkes Halbschwester und grüßte mit einer Kopfbewegung, ihr Pferdeschwanz schwang hin und her. Ich hob zwei Finger zu einem eigenartigen Gruß, ich hatte keine Lust mehr, meine Stimme zu gebrauchen, und sie lächelten alle drei und richteten ihre Aufmerksamkeit wieder auf den Schrank.

Die Tür zu unserer Wohnung war unverschlossen. Ich stand mit Tines Stofftasche in der Hand da und sah mich um. Im Wohnzimmer war der Schaukelstuhl wieder auf die Beine gekommen. Ich setzte mich hinein, die Stofftasche auf dem Schoß. Ich hatte noch immer Tines rosa Lederstiefel an. Ich schaukelte vor und zurück und schaute die ganze

Zeit auf die Stiefel hinunter. Ich schaukelte und schaukelte. Je länger ich schaukelte, desto mehr war ich nicht mehr ich selbst.

Ich war Tine.

Ich war unsere Mutter.

Das stimmt schon. Da war niemand sonst.